Elsie

CATHERINE FRANCOEUR

Elsie

2. Ne jamais dire jamais

Kennes

Déjà parus :

1. *Une dernière fois*
2. *Ne jamais dire jamais*

Publié avec les autorisations des Éditions de La Bagnole

Directeur de collection et direction littéraire : Pierre Szalowski
Couverture et mise en page : Clémence Beaudoin
Révision linguistique : Patricia Juste
Correction d'épreuves : Patricia Juste
Photo de Catherine Francœur : Jay Machalani

Rue de la Blanche Borne 15
6280 Gerpinnes (Loverval) – Belgique
www.kenneseditions.com

Adaptation : Cassandre Sobieski

Dépôt légal : octobre 2019 – D/2019/13.105/132
ISBN : 978-2-8758-0840-0
NUART : 13-7850-5

Imprimé en Europe

À tous ceux et celles qui ont lu les premières aventures d'Elsie, j'espère que le tome 2 vous plaira tout autant!

PROLOGUE

AU PRINTEMPS DERNIER, j'ai vécu les pires mois de ma vie après m'être malencontreusement retrouvée sur le chemin d'une entité malveillante.

Pas vraiment malencontreusement, en fait. Cette entité vivait chez moi depuis des années, sans que je le sache. Un jour, peu de temps après le décès de Francine, ma voisine et meilleure amie, j'ai eu la bien mauvaise idée de jouer au Ouija pour l'appeler, mais ce n'est pas elle qui a répondu.

En l'espace de quelques mois, par ma faute, mes parents et moi avons tout perdu ; notre vie a été complètement chamboulée.

Après ces évènements, j'ai promis à tout le monde que PLUS JAMAIS je ne toucherais à tout ce qui pouvait concerner de près ou de loin le paranormal. J'avais eu ma leçon la première fois. Je n'avais pas du tout envie de revivre les moments de terreur extrême que j'avais connus.

Mais il ne faut jamais dire jamais.

Je ne sais pas pourquoi je me suis de nouveau retrouvée dans une situation comme celle-là. À croire que je le cherchais.

Pourtant non. Mais c'est comme si tout cela me pourchassait.

J'ai tant bien que mal essayé de reprendre une vie normale.

Ce n'est pas ce qui s'est passé.

Et là… j'ai besoin d'aide.

Chapitre 1

UN SON STRIDENT m'a arrachée du sommeil. J'avais les paupières lourdes et la tête dans la brume, mais je savais que c'était simplement mon alarme. La tête enfoncée dans mon oreiller, je n'arrivais pas à garder les yeux ouverts : ils se refermaient aussitôt.

Depuis les incidents du printemps, j'avais beaucoup de difficulté à reprendre une vie normale. Il faut dire qu'en l'espace de quelques mois, j'avais vécu le décès de Francine, ma meilleure amie, tenté d'entrer en contact avec elle par l'intermédiaire du jeu de Ouija et appris de cette façon que cinq personnes étaient mortes dans ma maison. Comme si ce n'était pas suffisant, Franklin, l'esprit qui m'avait répondu à la place de Francine, avait pris possession de mon père, et ma maison avait brûlé.

À bien y penser… ça rendrait n'importe qui un peu fou. Il m'était pourtant très difficile d'admettre à quel point cette histoire m'avait perturbée.

J'avais eu de la chance, puisque j'avais évité de peu l'internement en psychiatrie. C'est ce qui attend en général les gens qui jouent d'un peu trop près avec les esprits. J'avais pu m'en sortir, puisque, selon l'évaluation psychologique, j'étais réellement troublée par ce qui était arrivé et je me sentais très coupable. Ce n'était pourtant pas vraiment ma faute. Cela dit, j'avais dû suivre une thérapie rigoureuse. Après deux semaines d'hôpital, j'avais pu retourner en classe pour finir mon année scolaire. Je n'avais pas obtenu de très bons résultats, mais j'avais réussi mon année et c'était tout ce qui m'importait. Je me disais que j'aurais tout l'été pour me remettre de mes émotions et de mes blessures et que je pourrais ainsi mettre toute cette histoire derrière moi.

Mais ça ne s'est pas arrêté là. Un service secret du gouvernement a fait une enquête complète sur moi. Ça semble un peu fou, dit comme ça, mais c'est vrai. Je n'aurais jamais cru qu'il pouvait exister des gens du gouvernement qui ne vous traitent pas de folle quand vous parlez de fantômes et d'esprits. J'avais dû raconter toute l'histoire, de A à Z, plusieurs fois, à l'agente Lemieux. C'était une grande femme à l'air sévère, qui non seulement enregistrait ce que je disais, mais notait tout sur une feuille de papier. Moi qui avais la ferme intention d'oublier cette histoire le plus rapidement possible, ça avait été difficile avec cette enquête. J'avais dû répéter encore et encore à l'agente Lemieux tout ce qui s'était passé entre mars et mai. Chaque fois, je devais revivre ce qui avait été un enfer pour moi, mes amis et ma famille. Malgré le fait que quelques mois s'étaient écoulés depuis, j'y pensais dès que j'ouvrais les yeux le matin. On m'avait bien prévenue que passer à autre chose risquait de ne pas être facile, que j'allais probablement garder des séquelles de cette aventure toute ma vie.

Apparemment, les gens qui touchent à l'occulte de trop près sont souvent en mesure de conserver un contact privilégié avec l'au-delà. On m'avait avertie que ça pouvait être n'importe quoi: ressentir la présence d'esprits autour de moi, avoir des esprits qui me font des signes pour entrer en contact avec moi... ou encore voir des fantômes. J'espérais que ça ne serait pas mon cas. Je ne voulais plus jamais avoir affaire à des entités paranormales. Gentilles ou pas.

D'ailleurs, on m'a fait jurer à plusieurs reprises de ne plus jamais toucher consciemment à tout ce qui pouvait se rapporter au paranormal. Chaque fois, je devais promettre de rester loin du monde des morts. Franchement, personne n'avait à s'inquiéter pour ça. J'avais compris. Pour tout dire, j'avais peu de regrets dans la vie... Mais celui d'avoir acheté et utilisé ce jeu de Ouija était immense. Je ne savais pas si j'allais un jour arriver à me pardonner.

J'avais une psychologue attitrée. Si au départ je n'en voyais pas l'utilité, je n'ai pas tardé à reconnaître que la voir une fois par semaine me faisait du bien. Elle était au courant de toute l'histoire, bien évidemment, et elle me laissait parler à mon rythme. Je me sentais en confiance et je savais que je pouvais tout lui confier sans risque. Elle m'écoutait, sans me juger. Après quelques rencontres, je pouvais dire que j'avais fait des progrès. J'étais assurément sur la bonne voie pour un rétablissement complet, selon ma psychologue. Je trouvais cependant que ça n'allait pas assez vite. On me disait que le temps faisait bien les choses, mais je n'avais toujours pas retrouvé un état d'esprit normal. Je me demandais constamment si j'allais finir par reprendre ma vie d'avant, sans avoir peur qu'un esprit malfaisant me pourchasse pour quelque raison que ce soit. Pour l'instant, je n'avais pas perçu de signes de l'au-delà comme on m'en avait laissé entrevoir la possibilité, mais j'étais terrifiée juste de penser que cela pouvait arriver. Comment les gens pouvaient-ils espérer que je reprendrais le cours de ma vie comme si de rien n'était en me racontant des trucs pareils ?

Chaque coup de vent, bruit sourd ou ombre étrange me faisait sursauter. J'appréhendais toujours le pire, même si, chaque fois, je réalisais que ce n'était que mon imagination. Je faisais régulièrement des cauchemars. Je revoyais sans cesse ma maison en feu, mon père qui me pourchassait, Franklin qui réussissait à me tuer. Je me réveillais en sueur, le cœur battant à tout rompre, complètement bouleversée. Tout le monde me disait que c'était normal, que j'allais avoir besoin d'un temps d'adaptation et que je finirais par ne plus avoir peur... J'avais tellement été traumatisée par mon expérience avec Franklin que je ne pouvais pas m'imaginer une seule seconde devoir revivre tout ça. Cette pensée seule me rendait folle.

Au bout de quelques minutes, j'ai enfin réussi à garder les yeux ouverts. Il m'a fallu un instant pour me rappeler où j'étais, même si je vivais dans cette maison depuis plus de trois mois.

Je n'aimais pas vraiment notre nouvelle demeure. Nous vivions toujours dans la même ville, mais mes parents avaient acheté une maison neuve dans un quartier résidentiel. C'était une maison mitoyenne, beaucoup plus lumineuse que celle dans laquelle j'avais vécu les dix dernières années. Elle ne comportait qu'un salon, une cuisine, une salle à manger, la chambre de mes parents, une salle de bain, ainsi qu'un bureau, ma chambre et une autre salle de bain à l'étage. Il y avait aussi un sous-sol, qui était vide pour le moment. C'était nettement plus petit, mais je commençais à m'y faire. Le plus important, c'est que, cette fois-ci, personne n'y avait habité avant nous. Pas de crainte d'entités malveillantes.

Bien assise dans mon lit, je prenais tranquillement le temps de me réveiller en écoutant la voix de mes parents qui discutaient en bas. Chaque jour, je réalisais ma chance de les avoir encore avec moi. Surtout mon père.

Il se remettait, très lentement, de ses blessures. Il suivait un programme de réadaptation assez intense pour recommencer à marcher normalement. Peu de temps auparavant, il avait délaissé son fauteuil roulant pour passer aux béquilles, ce qui représentait une nette amélioration.

Bien qu'il m'eût assuré à plusieurs reprises qu'il ne m'en voulait pas et qu'il ne se souvenait de rien, je me sentais tout de même horriblement coupable. Il avait failli mourir à cause de moi. C'était ma faute si l'esprit qui vivait dans notre maison depuis des décennies s'était réveillé. C'était à cause de moi que mon père s'était retrouvé possédé et qu'il avait bien failli y laisser sa peau. Même si nos relations étaient normales, nous ne parlions pas de ce sujet. Jamais. C'était la bête noire dans la maison. Heureusement, comme mon père n'avait pratiquement aucun souvenir de cette histoire, c'était plus facile pour lui de faire comme si de rien n'était.

Je pense.

Avec ma mère, c'était un peu différent. Elle affirmait ne pas me tenir rigueur de ce qui s'était passé. Cependant, je percevais toujours une froideur dans nos discussions. Je comprenais. J'avais foutu sa vie en l'air. Nous n'avions jamais été particulièrement proches, mais, là, c'était pire. Si mon père n'était pas dans la pièce, nous ne nous parlions pas. Je crois qu'elle était encore furieuse parce que je ne voulais pas lui raconter exactement ce qui avait mené aux évènements du printemps. Au départ, elle m'avait bien dit qu'elle attendrait que je sois prête à en parler. Le problème, c'est que je n'avais jamais été prête. J'en avais tellement parlé à l'agente Lemieux qu'une fois l'enquête terminée, je ne voulais plus aborder le sujet avec personne d'autre que ma psychologue. C'est malheureux, mais ma mère ne connaissait toujours pas les détails de l'histoire… Et je n'étais pas près de tout lui dire.

Je savais qu'au fond, elle m'en voulait. Ça m'attristait, mais comme je passais très peu de temps à la maison, je n'avais pas beaucoup d'occasions d'y penser. Le temps arrange souvent les choses, pas vrai ? Je me disais que ma mère ne pouvait pas rester fâchée avec son unique fille pour toujours.

À la suite de mon hospitalisation et de l'enquête du gouvernement, j'avais un énorme besoin de me changer les idées. Moi qui avais toujours été plutôt solitaire, je sortais presque chaque soir. Je voulais profiter de mon été au maximum. Entre les différents restaurants, le shopping, le cinéma et les concerts, mon compte en banque était presque à sec… Mais c'était le dernier de mes soucis.

En prenant mon téléphone, j'ai regardé la date : 22 août.

Il s'était écoulé quatre mois jour pour jour depuis l'incendie. Je n'étais toujours pas en paix avec ce que j'avais fait. Je ne parvenais pas à me pardonner d'avoir ruiné la vie de mes parents, leur maison, leurs souvenirs… Chaque jour où je me réveillais dans cette maison aux murs peints d'un blanc immaculé me rappelait à quel point j'aimais l'ancienne… Malgré le drame qui avait eu lieu entre ses murs.

Rapidement, comme chaque matin, j'ai chassé ces pensées en secouant la tête. « Le passé doit rester dans le passé », me suis-je dit encore une fois.

Malgré ce stress post-traumatique, les autres sphères de ma vie allaient de mieux en mieux. Olivia et moi étions plus proches que jamais. Autant l'une que l'autre, nous pouvions tout nous dire. Je croyais que cette histoire l'aurait effrayée, mais ça avait été le contraire. Comme elle était la seule, parmi mes amies, à savoir ce qui s'était passé, j'avais une confidente tout indiquée. Cependant, comme avec mes parents, nous n'en parlions jamais. Elle comprenait mon besoin de passer à autre chose. De toute façon, elle était partie en voyage une semaine plus tôt. Un long voyage au Pérou, avec pour seul bagage un sac à dos. Je crois qu'elle avait besoin de se changer les idées, elle aussi. Même si elle allait énormément me manquer, je savais que c'était pour le mieux.

Ding!

Le son annonçant un message. Sans regarder, je savais que c'était Felix. Il avait pris l'habitude de m'écrire tous les matins. Ça aussi, ça m'aidait beaucoup.

Entre nous deux, c'était merveilleux. Cette histoire nous avait rapprochés et il avait été très présent pour moi, dans les bons comme les mauvais moments. Lui aussi, il aurait pu choisir de partir, mais il ne l'avait pas fait. C'était ce qui le rendait encore plus spécial, je pense. Nous avions passé presque chaque jour ensemble durant l'été et je pouvais dire que j'étais vraiment amoureuse de lui. Moi qui m'étais juré de ne jamais aimer à nouveau... J'avais eu tort, parce que ma rencontre avec Felix était une des plus belles choses qui me soient arrivées. J'aurais tellement aimé que Francine le connaisse. Je savais qu'elle l'aurait adoré.

La seule avec qui je n'avais plus aucun contact, c'était Louise, la sœur de Francine. Pas par choix, mais par respect. Lors de son départ au mois de mai, elle m'avait bien fait comprendre qu'elle avait besoin de prendre ses distances. Je comprenais, mais elle me manquait. Du fond de mon cœur, j'espérais qu'elle voudrait me reparler un jour. Comme avec Francine plusieurs années auparavant, cette amitié inattendue m'avait fait du bien. Non seulement Louise avait été là pour m'aider à vaincre un esprit maléfique, mais elle m'avait aussi offert un cadeau inestimable en m'en apprenant encore davantage sur ma chère Francine.

En soupirant, je me suis levée. Inutile de ressasser le passé. Francine était morte depuis presque six mois et, malgré le fait que je ressentais tous les jours son absence, j'avais appris à vivre sans elle. C'était difficile, mais je n'avais pas le choix. Avant de partir, Louise m'avait laissé la clé de la maison de sa sœur, me disant que je pouvais en faire ce que je voulais. Je n'étais pas encore retournée chez elle. Même s'il ne se passait pas une journée sans que je pense à elle, je n'avais pas envie de replonger dans ces souvenirs. J'avais de la difficulté à tourner la page, et aller chez Francine ne me ferait aucun bien. D'ailleurs, je n'étais pas du tout prête à revoir ce qu'il restait de ma maison. Je savais que le terrain avait été vendu et qu'une nouvelle maison y serait probablement construite, mais je préférais rester avec mes propres souvenirs.

En me regardant dans le miroir, j'ai constaté à quel point j'avais l'air épuisée. Pourtant, j'avais bien dormi. J'ai démêlé mes cheveux et appliqué un peu d'anticerne sous mes yeux, histoire d'avoir l'air un peu plus présentable. En regardant l'heure, j'ai pris quelques vêtements propres dans ma commode et je me suis habillée à toute vitesse. Fidèle à mon habitude, j'étais en retard. En soupirant, je me suis dirigée vers la porte.

La meilleure façon de m'ancrer dans la réalité ?

La rentrée scolaire.

Chapitre 2

QUAND JE SUIS sortie de ma chambre, j'entendais toujours la voix de mes parents, sans être capable de comprendre ce qu'ils disaient. À mesure que je descendais l'escalier, leur conversation devenait plus claire. Bien sûr, ils parlaient de moi. J'ai décidé de m'arrêter au milieu des marches pour les écouter discrètement. Je me suis surprise à sourire. C'était un avantage d'avoir une maison neuve : l'escalier et le parquet ne craquaient pas.

J'ai tendu l'oreille parce que ma mère parlait à voix basse :

– Tu penses qu'elle est prête à attaquer une nouvelle année scolaire ?

– Il faudra bien qu'elle le fasse un jour, non ? Autant que ce soit maintenant !

– Je sais… Mais c'est beaucoup de changements tout d'un coup pour elle. Nouvelle école, nouveaux cours…

Même si elle était distante, ma mère ne pouvait pas s'empêcher de s'inquiéter pour moi. Ça me faisait chaud au cœur. Bon, le fait que ma propre mère doutait de ma capacité à m'adapter à ma nouvelle école ne faisait rien pour diminuer mon anxiété, mais au moins elle s'intéressait encore à moi. Malgré ce qu'elle laissait paraître.

– Au contraire, je pense que ça lui fera du bien ! Elle a besoin de se changer les idées et ce n'est pas en restant à la maison avec son vieux père que ça va changer quoi que ce soit.

– Tu as sans doute raison. De toute façon, ce n'est pas comme si elle nous confiait ce qu'elle ressent… Même si on essayait de lui expliquer nos craintes, elle ne nous écouterait pas, a soupiré ma mère.

Je ne pouvais pas voir son visage, mais je savais que ma mère était exaspérée. Ce n'était pas ce matin que nous allions faire la paix. J'ai alors décidé de faire mon apparition, comme si je n'avais rien entendu de leur conversation.

– Bonjour ! Je ne peux pas manger avec vous ce matin, je veux partir plus tôt pour m'assurer d'arriver à l'avance. Bye !

Je ne leur ai pas laissé le temps de me répondre que j'étais déjà dans l'entrée, en train de mettre mes chaussures. J'étais déjà assez nerveuse comme ça ; je n'avais pas besoin qu'ils en rajoutent. Je n'avais pas non plus envie de leur parler. J'étais fatiguée de ces conversations vides et sans intérêt.

J'ai ouvert la portière de ma voiture du côté passager pour y balancer mon sac d'école. Puis je me suis installée au volant, j'ai mis la clé dans le contact et j'ai démarré le moteur le cœur un peu plus léger.

Je savais que j'avais plus de quarante-cinq minutes de route à faire pour me rendre à ma nouvelle école, mais j'étais heureuse de pouvoir à nouveau conduire. Le temps que mes fractures guérissent, je n'avais pas pu prendre mon auto et j'étais dépendante des gens de mon entourage pour me déplacer, ce que je détestais. Aussi, ma Versa était littéralement la seule chose de mon passé qu'il me restait. Dans l'incendie de notre maison, nous avions tout perdu. Nos souvenirs, nos photos, nos vêtements… Seule ma voiture était demeurée intacte et j'en étais très reconnaissante. Au travers de tous ces bouleversements, j'avais au moins une chose qui ne changerait pas.

Sur mon téléphone, j'ai ouvert mon GPS et tapé l'adresse de mon école. Je savais à peu près où elle était située, puisque j'avais dû m'y rendre pour m'inscrire, mais c'était Felix qui conduisait à ce moment-là. J'ai un bon sens de l'orientation, mais je n'avais pas envie de me perdre pour ma première journée d'école.

Même si ma nouvelle école se trouvait dans une ville assez éloignée de celle où j'habitais, j'étais étrangement plus rassurée. Dans ma ville, beaucoup de gens savaient que j'avais été hospitalisée un certain temps et même s'ils en ignoraient la raison, ils me regardaient d'un drôle d'air. Je ne connaissais personne à ma nouvelle école et c'était parfait comme ça. Je voulais un nouveau départ complet. Ma psychologue était d'accord. Je savais que l'adaptation serait probablement plus difficile que si j'avais choisi d'aller dans le même cégep* que mes amis, mais j'étais prête à cela.

J'ai conduit tranquillement, en écoutant le nouvel album de Taylor Swift. Perdue dans mes pensées, j'ai trouvé la route moins longue que ce à quoi je m'attendais et mon GPS m'a rapidement indiqué qu'après avoir tourné à gauche, je serais arrivée à destination. En suivant les indications, j'ai trouvé le parking des étudiants et je me suis garée à la première place libre. J'ai pris une grande inspiration. Après avoir coupé le moteur et pris mon sac à dos, je me suis dirigée vers l'entrée principale en me répétant à voix basse : « C'est un nouveau départ et tout ira bien. »

* Une fois le diplôme d'études secondaires obtenu, ceux qui désirent aller à l'université doivent poursuivre deux ans au cégep (collège d'enseignement général et professionnel) afin d'obtenir un diplôme d'études collégiales.

J'avais les jambes qui tremblaient. C'était en fait une journée d'accueil, où on donnait aux nouveaux des informations sur les différentes activités proposées par l'école ainsi que la possibilité de rencontrer d'autres étudiants de leur programme d'étude. Dans mon cas, je savais que j'allais passer la journée à faire du repérage. Je voulais trouver mes différentes classes et les salles communes pour être en mesure de me diriger avec confiance dans l'établissement. Le cégep était vraiment plus grand que l'école où j'allais avant, ce qui me rendait un peu nerveuse. J'étais donc bien contente d'avoir une journée d'accueil pour me permettre de tout assimiler. J'avais déjà reçu une lettre d'information, quelques semaines plus tôt, me mentionnant que je devais aller chercher mon horaire à la cafétéria durant la journée d'accueil. En entrant dans l'école, j'ai senti mon cœur battre plus vite.

OK, première étape : trouver la cafétéria. J'ai regardé partout autour de moi, et j'ai vu de nombreux étudiants qui allaient et venaient dans les couloirs, plusieurs avec leur nouvel horaire à la main. Je me suis mise à marcher, sans trop savoir où j'allais, me disant que j'allais bien finir par voir la cafétéria.

À l'aventure !

J'ai soudain étouffé un rire. J'avais parcouru à peine quelques mètres dans un couloir, et la cafétéria était là, devant moi. L'aventure n'avait pas été très longue ! D'un pas décidé, je suis entrée dans la grande salle. En m'approchant, j'ai vu quatre grandes tables sur lesquelles étaient posées des boîtes classées par ordre alphabétique. Je me suis avancée vers la table associée à mes initiales avec un grand sourire.

– Bonjour !

– Bonjour. Nom et prénom ?

– Els… Elisabeth. Duclos.

Juste le fait de prononcer mon vrai prénom m'a fait frissonner. La dernière personne à m'avoir appelée ainsi était mon père, lorsqu'il était possédé par l'esprit de Franklin. J'ai fermé les yeux et secoué la tête légèrement, comme pour chasser les mauvaises pensées.

N'y pense pas. N'y pense pas. N'y pense pas. N'y pense pas…

La dame devant moi cherchait mon horaire dans un classeur. Au bout de quelques instants, elle l'a sorti en souriant.

– Et voilà, Elisabeth ! Bonne année !

J'ai failli la corriger et lui dire que c'était Elsie, mais j'ai réalisé que je ne verrais certainement pas cette dame souvent, donc ça ne changeait rien. J'ai pris la feuille sur laquelle mon horaire était écrit, et je me suis installée à la table la plus proche pour l'examiner.

Lundi

Français : 8 h à 10 h

Anglais : 10 h à 12 h

Philosophie : 14 h à 17 h

Mardi

Marketing : 9 h à 12 h

Français : 13 h à 15 h

Mercredi

Philosophie : 14 h à 17 h

Jeudi

Anglais : 8 h à 10 h

Cinéma : 13 h à 16 h

Vendredi

Marketing : 9 h à 12 h

J'ai regardé mon horaire à quelques reprises, tentant d'absorber le plus d'informations possible. Déjà, je finissais à midi le vendredi, ce qui était fantastique ! J'ai sorti mon téléphone de ma poche pour prendre mon horaire en photo et l'envoyer à Felix. Au même moment, une fille est venue s'asseoir à côté de moi.

J'ai laissé la feuille sur la table, le temps d'écrire un message à Felix, mais, du coin de l'œil, je pouvais voir que la fille la regardait. En relevant la tête, j'ai constaté qu'elle me souriait.

– Je crois que nous avons quelques cours en commun, dit-elle en me montrant son propre horaire.

Je me suis penchée pour y jeter un coup d'œil. Effectivement, nous étions dans les mêmes cours de marketing, de français et de philosophie. J'ai relevé les yeux vers la fille pour l'observer un peu. Elle était très jolie, tellement souriante qu'elle me donnait envie de l'être moi aussi.

– Oh, contente de te rencontrer ! Je m'appelle Elsie.

– Moi, c'est Clara ! Tu ne viens pas d'ici, pas vrai ?

– Mmm, non. Je vis à quarante-cinq minutes d'ici. J'avais besoin de changement.

Clara a éclaté de rire.

– Ah, je comprends. Tu as choisi la chose logique : t'éloigner des gens avec qui tu as passé les onze dernières années de ta vie à l'école pour un nouveau départ !

J'ai souri. Si seulement elle avait su à quel point j'en avais besoin !

– Oui, c'est ça. C'est un peu loin, mais j'aime les nouveaux défis ! J'allais justement partir à la découverte de l'école pour être moins perdue à la rentrée officielle !

– Oh, je connais l'école par cœur, ma cousine y a déjà étudié. Tu veux que je te montre ?

Waouh. J'étais surprise de la gentillesse de cette fille. Pas que je m'attendais à ce que les gens soient méchants, mais disons qu'il ne m'était pas facile d'aborder de nouvelles personnes et de me faire des amis. Assurément, cette journée se passait mieux que je n'aurais pu l'imaginer.

– Avec plaisir !

J'avais prévu de rester uniquement quelques heures à l'école. Prendre mon horaire, me familiariser avec les lieux et trouver mes salles de classe. Pourtant, plusieurs heures après, j'étais toujours là. Après m'avoir fait faire un tour guidé de l'école, Clara m'avait présentée à ses amies, Juliette et Mégane. Je pense que je n'avais jamais connu des filles aussi bavardes, mais elles étaient très sympathiques. Je ne saurais pas trop décrire comment je me sentais à ce moment. C'était un mélange de soulagement, parce que je connaissais déjà trois nouveaux visages que je reverrais dans mes cours et que je savais déjà m'orienter dans ma nouvelle école, et d'incertitude. Est-ce que j'allais vraiment réussir à reprendre une vie normale ? Après tout ce que j'avais vécu, j'avais l'impression que de retourner en classe était futile. Pourtant, j'avais un réel besoin de me changer les idées. Je ne comprenais pas trop pourquoi j'avais autant d'émotions contradictoires.

« Un jour à la fois, Elsie », me suis-je dit. Je me suis efforcée de reprendre la conversation avec mes nouvelles connaissances.

Si je voulais aller mieux, j'allais devoir faire des efforts.

Chapitre 3

LES VITRES DE ma voiture baissées, je laissais le soleil de la fin septembre me réchauffer. Nous avions la chance d'avoir un début d'automne particulièrement agréable et je ne m'en plaignais pas du tout. Nous étions à quelques jours du mois d'octobre, j'avais recommencé l'école depuis plus d'un mois… et j'étais heureuse. Je ne sais pas si c'était le temps clément, mes nouvelles amies, l'impression d'avoir enfin des objectifs ou encore ma motivation incroyable face à ma nouvelle école. Peut-être un mélange de toutes ces réponses. Mais j'allais bien, bien mieux que ce que j'aurais pu imaginer. Même le fait de devoir conduire quarante-cinq minutes chaque matin et chaque soir m'importait peu. Clara et moi étions rapidement devenues proches. Je m'entendais tout aussi bien avec Juliette et Mégane, et chaque jour qui passait me semblait plus facile. Je faisais de moins en moins de cauchemars et je me sentais moins anxieuse. J'arrivais presque à être une adolescente de dix-sept ans normale la majorité du temps.

Vraiment, je n'aurais pas pu souhaiter mieux.

Le vendredi était ma journée préférée. Non seulement c'était le dernier jour d'école de la semaine, mais en plus je pouvais partir à midi. Aussitôt ma journée terminée, je savais que j'allais pouvoir aller rejoindre Felix qui, lui, n'avait pas de cours le vendredi. Nous avions pris l'habitude de passer nos week-ends ensemble, ce qui contribuait grandement à mon mieux-être. Je le voyais très peu pendant la semaine, puisque nos horaires étaient incompatibles, mais j'étais toujours impatiente de le retrouver le vendredi.

Comme je finissais à midi, je n'avais qu'un cours, soit celui d'introduction au marketing. J'avais choisi cette option parce que c'était la plus intéressante après le cours de sport ou celui de musique qui ne m'attiraient pas du tout. Chaque semaine, notre professeure amenait un cas pour que nous l'analysions. Nous pouvions ainsi parler autant de campagnes publicitaires qui avaient fracassé des records de popularité que d'objets ou de personnalités publiques.

Je ne savais pas du tout à quoi ce cours me servirait dans le futur, pour être honnête. Je n'avais aucune idée de ce que je voulais faire dans la vie, si bien que je m'étais résolue à m'inscrire dans un programme de base, juste pour acquérir des connaissances générales et être en mesure d'apprendre. J'aurais pu, comme Olivia, prendre une année de pause pour travailler et être certaine de ce que j'avais envie d'étudier. Partir en voyage au Pérou pendant trois mois avec seulement un sac à dos. Même mes parents, qui trouvent pourtant l'éducation si importante, m'avaient conseillé de m'accorder un répit. C'est moi qui avais décidé de continuer l'école. Si je n'y allais pas, j'aurais trop de temps libre pour penser. Et penser, c'était la dernière chose que je voulais. Être en classe plusieurs heures par jour me semblait être la meilleure solution.

J'avais choisi le cours de marketing en dernier recours, et même s'il n'allait peut-être pas me servir, j'étais pas mal plus emballée d'analyser des trucs que de courir cinq kilomètres. De toute façon, je devais encore faire attention à ma cheville, que j'avais foulée en sautant du grenier de ma maison en mai dernier. Ça allait beaucoup mieux, mais je devais tout de même éviter le plus possible de mettre une trop grande pression sur mon pied. Comme je m'étais également cassé le poignet, je ne pouvais pas pratiquer de sport qui impliquait l'utilisation de mes mains, comme le volley-ball, le badminton ou encore le tennis.

Quand je suis entrée dans la classe, ce matin-là, mon regard s'est tout de suite dirigé vers le tableau blanc. C'est là qu'à chaque cours, madame Lacasse, ma prof de marketing, écrivait le sujet dont nous allions parler durant le cours. Contrairement à mes autres professeurs, elle ne nous avait pas donné de plan de cours, préférant nous laisser la surprise chaque fois que nous entrions dans la classe. C'est ce qui rendait le cours encore plus excitant, je pense. Il y avait déjà un petit groupe d'étudiants devant le tableau, en train de discuter du sujet choisi. Je me suis faufilée entre certains d'entre eux pour être en mesure de mieux voir.

Le sujet choisi cette semaine était les influenceurs, ces youtubeurs et instagrameurs qui font la promotion et la publicité de produits, d'entreprises ou encore d'évènements. J'étais bien contente qu'on parle de cela parce que, comme pratiquement tout le monde, je suivais des personnalités sur Instagram et YouTube. Je savais d'emblée que ce sujet allait être aussi passionnant que les précédents.

– Bonjour ! a lancé madame Lacasse. Avant de vous asseoir, prenez les documents qui sont posés sur mon bureau !

Comme je me trouvais juste à côté de son bureau, je me suis empressée de prendre les trois feuilles dont nous avions besoin. Je suis allée m'asseoir, tout en observant madame Lacasse. Je n'avais eu que quelques semaines de cours avec elle, mais je l'appréciais beaucoup. C'était une grande dame, toujours habillée à la fine pointe de la mode, malgré son âge. Elle devait avoir la cinquantaine avancée, mais elle avait une énergie incroyable. Non seulement la matière qu'elle enseignait était intéressante, mais elle réussissait à la rendre encore plus captivante. Rien à voir avec mon cours de français où tout le monde sortait son téléphone pour faire passer le temps plus vite. J'ai regardé autour de moi. Rapidement, la salle de classe s'est remplie.

– Comme vous avez pu le constater, aujourd'hui, nous allons parler des influenceurs. Combien d'entre vous en suivent au quotidien ?

♣

J'ai sursauté lorsque la cloche a sonné. Le cours était passé tellement vite ! Alors que nous nous levions pour quitter la classe, madame Lacasse a parlé plus fort pour attirer notre attention :

– Un instant, tout le monde ! J'ai envie de vous faire une surprise, aujourd'hui. Comme vous le savez, en général, je préfère garder mes sujets de cours secrets… Mais, cette fois, je veux vous présenter le sujet sur lequel nous allons travailler au prochain cours.

Elle a ouvert son sac. Je l'écoutais d'une oreille distraite, impatiente de quitter l'école et de me mettre en route pour me rendre chez Felix. Le plus discrètement possible pour ne pas avoir l'air impolie, j'essayais de ranger mes affaires dans mon sac pour pouvoir sortir aussitôt libérée.

– Êtes-vous prêts ?

J'ai relevé la tête vers madame Lacasse, non sans soupirer. Je savais qu'elle faisait cela pour nous faire plaisir, mais, honnêtement, je pouvais attendre quelques jours avant de connaître le prochain sujet. Je me suis tournée vers Clara, qui avait la même expression que moi.

– Urgh, j'ai juste envie d'aller chez moi ! m'a-t-elle chuchoté.

– Moi aussi…, ai-je dit en levant les yeux au ciel, un peu découragée.

C'est pile à ce moment que j'ai vu madame Lacasse sortir un jeu de Ouija de son sac.

J'ai eu l'impression que mon cœur s'arrêtait. On aurait dit que le temps s'était figé.

Je n'arrivais pas à détacher mes yeux de la boîte du jeu. J'en connaissais les détails par cœur. Ce foutu jeu que je m'étais promis de ne plus jamais revoir.

J'ai senti mon cœur se remettre à battre beaucoup plus vite et une vague de chaleur se répandre dans mon corps. C'était comme si j'allais m'évanouir ou vomir ou m'écrouler ou les trois en même temps. Sans trop m'en rendre compte, j'ai ramassé le reste de mes affaires, les ai jetées pêle-mêle dans mon sac, puis j'ai marché très vite vers la sortie. Évidemment, toute la classe me regardait. J'ai cru entendre madame Lacasse appeler mon nom, me demander si ça allait, mais je refusais de me retourner. Je refusais de poser mes yeux sur ce jeu une seule seconde de plus.

Une fois dans le couloir, j'ai couru jusqu'aux toilettes les plus proches et je me suis écroulée sur le plancher. Plus je tentais de me calmer, plus mes symptômes s'aggravaient. En plus de sentir mon corps trembler de manière incontrôlable, j'avais autant de sueurs froides que de bouffées de chaleur. J'avais de la difficulté à respirer, tant ma gorge était serrée. Je ne m'étais jamais sentie ainsi et j'étais paniquée. J'étais dans un tel état de transe que j'ai à peine vu mes amies se précipiter à mes côtés.

– Elsie ? Ça va ?

Je me suis forcée à respirer normalement. Peu à peu, je commençais à revenir à moi. Ma respiration se stabilisait, je n'avais plus envie de vomir, mais mon cœur battait encore à tout rompre. Je ne pouvais pas croire ce qui venait d'arriver.

Un sentiment de honte m'a alors envahie. J'ai regardé mes amies et je me suis levée tout d'un coup. Étourdie, je me suis appuyée contre le mur durant quelques secondes, puis je me suis rassise par terre le temps de reprendre mes esprits. J'ai tenté de sourire aux filles. Je n'avais absolument pas envie de leur raconter la raison pour laquelle j'avais paniqué, mais je savais que je n'allais pas m'en sortir sans explications.

– Heum… je ne sais pas trop, je me suis sentie vraiment mal tout d'un coup. J'ai peut-être attrapé un virus… Il faut dire qu'il faisait très chaud dans la classe…

Aussitôt, Clara et Juliette ont reculé, effrayées. Tant mieux. Ça allait peut-être les faire fuir. Mégane, elle, s'est approchée de moi.

– T'as commencé à te sentir mal quand ?

– C'est depuis hier.

J'étais surprise de mon habileté à mentir. Même si j'appréciais le fait que mes amies soient venues me rejoindre, je voulais juste qu'elles s'en aillent. Je n'avais qu'une envie : déguerpir et aller tout raconter à Felix. J'ai pris une grande respiration.

– Je vais retourner chez moi, OK ? Je crois que j'ai besoin de dormir.

– Tu ne veux pas venir chez moi à la place ? m'a demandé Mégane. J'habite à cinq minutes d'ici.

C'est plus sûr que de te laisser conduire quarante-cinq minutes…

Je l'ai serrée dans mes bras. Mais qu'est-ce que j'avais bien fait pour mériter des amies aussi attentionnées ?

– Non, ça va déjà mieux. L'air frais va me faire du bien. Je veux juste rentrer chez moi et aller dormir.

– OK… Mais je te raccompagne à ta voiture et je porte ton sac, d'accord ?

– C'est gentil, merci, lui ai-je dit en souriant faiblement.

Mégane a pris mon sac pour le mettre sur son dos, et Clara m'a aidée à me relever. Comme ma voiture n'était pas très loin de la porte d'entrée, en moins de cinq minutes, j'étais assise derrière mon volant. Après avoir promis à mes amies, comme elles me le demandaient, de m'arrêter sur le bord de la route et de les appeler si jamais je ne me sentais pas bien, j'ai enfin pu partir. J'ai conduit quelques minutes pour sortir de leur champ de vision, puis je me suis garée dans le parking d'un commerce. D'une main tremblante, j'ai appelé Felix.

– Hé, mon amour, ça va ?

J'ai aussitôt éclaté en sanglots.

– Felix ? J'ai besoin de toi.

Chapitre 4

LE MARDI SUIVANT, j'appréhendais beaucoup mon cours de marketing. Ni madame Lacasse ni les autres élèves de la classe n'avaient cherché à savoir si j'allais bien. J'avais seulement reçu un petit message de Mégane me demandant si je me sentais mieux. Évidemment, j'avais tout dit à Felix dès que je l'avais vu le vendredi. Il trouvait que j'avais eu raison de réagir de cette façon et de quitter la classe. Ma santé mentale avant tout.

Peu importe ce que les gens allaient en penser, il était hors de question que j'assiste à ce cours. D'abord parce que j'avais juré à plusieurs personnes de ne plus jamais toucher à quoi que ce soit se rapportant au paranormal... Ensuite en raison de la réaction incontrôlable que j'avais eue lorsque madame Lacasse avait sorti le jeu de Ouija. J'étais réellement terrifiée par ce jeu pas du tout inoffensif et je refusais de le voir une fois de plus.

Je devais parler à ma prof de marketing. Lui dire qu'il m'était impossible de me présenter à son cours. Je n'allais pas tout lui expliquer en détail bien sûr, mais je me disais qu'elle serait peut-être plus sensible à ma cause si j'allais la rencontrer. De toute façon, qu'elle soit sensible ou non, je n'irais pas à ce cours. Je me demandais même s'il était légal pour une enseignante d'apporter un jeu de Ouija en classe. Si elle refusait d'entendre raison, peut-être que je pourrais faire une plainte officielle à quelqu'un de plus haut placé à l'école.

Le cours commençait dans presque une heure, mais je savais que madame Lacasse arrivait toujours dans la salle de classe plus tôt afin de préparer son matériel. À cette heure-là, les couloirs étaient complètement déserts. J'ai senti un frisson me parcourir le corps et je me suis mise à marcher plus vite. Je détestais être toute seule, encore plus dans une bâtisse aussi grande. En arrivant devant la porte du local, j'ai constaté qu'elle était fermée. J'ai mis ma main sur la poignée pour l'ouvrir, mais elle était verrouillée. En soupirant, j'ai fermé les yeux et je me suis appuyée contre le battant. Visiblement, j'allais devoir changer de plan. Est-ce que je devrais juste ne pas aller en classe et prétendre que j'étais malade ? C'est l'excuse classique et, en général, ça fonctionne toujours. Soudain, j'ai senti la porte s'ouvrir. Puisque je m'y étais appuyée, je me suis sentie tomber vers l'arrière pendant quelques instants, mais j'ai rapidement repris mon équilibre. En relevant les yeux, j'ai vu madame Lacasse devant moi.

– Ah, Elsie, je voulais justement te parler. Entre.

– Ah… ah oui ? OK.

Un peu surprise, je suis entrée dans la classe alors que la prof refermait la porte. Sans réfléchir, je me suis assise au pupitre le plus proche de son bureau. J'ai ouvert la bouche pour parler, mais madame Lacasse ne m'en a pas laissé le temps.

– Est-ce que je pourrais savoir pour quelle raison tu as quitté mon cours si vite vendredi dernier ? m'a-t-elle demandé d'une voix douce.

J'ai eu un petit mouvement de recul. Je pensais qu'elle serait fâchée. J'avais préparé un discours dans ma tête, prête à défendre mon point coûte que coûte de manière agressive… Sauf qu'elle avait l'air tellement inquiète pour moi que cette stratégie était inutile. Merde. Comment allais-je pouvoir lui dire poliment que ça ne la regardait pas et que je voulais simplement être exemptée du cours ?

Je commençais à regretter d'être venue. J'aurais simplement dû dire que j'étais malade.

En relevant la tête vers elle, j'ai vu qu'elle m'observait d'un air bienveillant. Sans me brusquer, elle attendait que je sois prête à parler.

– Hem… c'est que je ne suis pas à l'aise avec le sujet du prochain cours et j'aimerais en être exemptée.

J'ai lâché cette phrase d'un seul trait tout en fuyant le regard de madame Lacasse.

– Est-ce que je peux savoir pourquoi ?

– C'est personnel, ai-je répondu sèchement.

J'ai aussitôt regretté ma façon de parler. Après tout, madame Lacasse n'avait pas haussé le ton ; elle cherchait probablement juste à comprendre quel était mon problème. Quand je l'ai regardée, j'ai vu la déception dans ses yeux.

– Tu sais, Elsie, si je faisais une exception pour chacun de mes étudiants qui n'est pas à l'aise avec un thème ou un sujet abordé… As-tu envie d'en parler ?

Non, je n'avais pas envie d'en parler. De toute façon, elle ne me croirait certainement pas. N'importe quelle personne saine d'esprit et ayant fait un minimum de recherches n'apporterait pas un jeu satanique dans un établissement scolaire !

– Non. C'est juste que… ce n'est pas un caprice. C'est vraiment dangereux et je refuse d'assister au cours.

Madame Lacasse a mis sa main sur la mienne.

– Est-ce que c'est pour des raisons religieuses ? Ne t'inquiète pas, Elsie, peu importe, je ne te jugerai pas.

J'ai étouffé un petit rire. Si seulement c'était aussi simple que pour des raisons religieuses...

– Non.

– C'est parce que tu as vu trop de films d'horreur et que tu as peur de ce qui pourrait arriver ?

Insultée, je lui ai lancé un regard sombre. Avant même que je puisse répondre, madame Lacasse a repris la parole.

– Enfin, Elsie, tu sais bien que les histoires d'horreur associées au Ouija ne sont que des légendes urbaines. On peut acheter ce jeu dans un magasin de jouets pour enfants. N'importe qui peut s'en procurer un. Si c'était réellement dangereux, crois-tu vraiment qu'on laisserait ce jeu sur les tablettes ?

Je n'ai pas pu m'empêcher de secouer la tête. Évidemment qu'elle n'y croyait pas.

– Je ne suis pas d'accord... Avez-vous déjà lu des témoignages ? Vu des documentaires à ce sujet ? Certaines personnes ont vraiment vécu l'enfer à la suite d'une séance de spiritisme !

Moi y comprise.

– Tu sais, Elsie, j'ai toujours été une personne curieuse et j'ai moi-même eu l'occasion de tester le Ouija à plusieurs reprises. Et tu sais quoi ? Rien n'est jamais arrivé. Rien du tout. Et ce ne sera pas différent cette fois-ci.

– Je considère tout de même qu'il n'est pas judicieux de jouer avec ça, ai-je vivement répliqué. Pour plusieurs, c'est peut-être juste un jeu de société, mais pas pour moi. Ce n'est pas parce que vous l'avez utilisé et que rien ne vous est arrivé que ça n'existe pas.

Ouf. Est-ce que j'étais allée trop loin ? J'avais été très arrogante et, malgré tout, elle était en position d'autorité par rapport à moi. Je n'avais pas l'habitude de tenir tête aux gens comme ça. Après quelques secondes de silence, j'ai finalement relevé les yeux. Mon regard a croisé celui de madame Lacasse, qui avait l'air outrée.

– Mais voyons, Elsie, pensais-tu vraiment que j'allais utiliser le Ouija en classe ?

Je me suis redressée sur ma chaise. Je n'étais pas du tout certaine de comprendre.

– Ben, pourquoi apporteriez-vous un objet en classe que nous ne pouvons pas utiliser ? C'est le but de votre cours, non ?

– Mais non ! Nous sommes dans un cours de marketing, pas dans un cours de spiritisme ! N'as-tu pas été attentive durant les derniers cours ? Nous allons utiliser la même structure d'analyse. Le but n'est pas de montrer son fonctionnement, mais plutôt de l'analyser sous toutes ses formes !

Je me suis mise à réfléchir. Madame Lacasse était tellement convaincue qu'il n'y avait rien de mal que je me suis demandé si le problème ne venait pas de moi. Est-ce que j'avais vraiment paranoïé au point d'imaginer que l'occulte me poursuivait ? Et si c'était tout simplement une coïncidence ? Après tout, c'est vrai que, pour la plupart des gens, il s'agit d'un objet comme un autre. Cela dit, même si l'hypothèse voulant que je sois en train de devenir folle était la plus plausible, je n'étais pas rassurée.

– Mais… pourquoi avoir choisi de parler du Ouija si vous n'y croyez pas ?

Madame Lacasse m'a regardée en souriant gentiment.

– J'ai passé beaucoup de temps à planifier mon cours. J'aime varier mes sujets et mes analyses. Je pense que c'est pour ça que les étudiants aiment ce que je fais. Je trouve que la planche de Ouija est un objet intéressant à étudier, puisque, malgré le fait qu'elle a été mise sur le marché en 1890, elle est toujours aussi populaire. Tu te rends compte à quel point ça signifie que cet objet a eu une influence marketing puissante ?

– OK… Mais pourquoi vous ne l'essayez pas en classe si vous êtes certaine que rien ne peut arriver ?

– Parce que même si je sais pertinemment que rien n'arrivera, ce n'est pas une notion nécessaire à mon cours.

Je me suis soudain sentie très stupide. Malgré sa gentillesse, madame Lacasse devait me trouver complètement folle. J'ai dû faire de gros efforts pour ne pas me mettre à pleurer devant elle. Ça aurait été le comble. En prenant une grande inspiration, je me suis levée de ma chaise.

– OK. Je suis désolée, madame Lacasse... J'aurais dû réfléchir un peu plus avant de réagir aussi fortement.

La professeure a mis sa main sur mon épaule.

– Je peux compter sur toi en classe tout à l'heure, Elsie ?

– Je ne sais pas, honnêtement...

– J'aimerais beaucoup que tu sois présente. Tu n'es pas obligée de participer, mais j'apprécierais que tu assistes au moins au cours. Je crois que ça sera très instructif, même si tu n'aimes pas le sujet d'analyse de la journée. Tu peux même t'asseoir au fond de la classe si tu le désires !

Madame Lacasse me regardait avec beaucoup d'espoir dans les yeux. J'avais rarement eu une enseignante aussi dévouée, aussi soucieuse du bien-être de ses étudiants. Elle aurait pu me dire de me taire et d'assister au cours, mais elle avait pris le temps de me parler et de me mettre à l'aise.

Si je voulais aller mieux, je devrais affronter mes peurs. Elle avait raison, au fond. Le Ouija est inoffensif s'il n'est pas utilisé. Et ce serait le cas. De toute façon, ce n'était pas comme la dernière fois : cinq personnes n'étaient pas mortes dans ma classe. Tout irait bien. J'ai pris une grande inspiration et j'ai hoché la tête.

– Oui, j'y serai. À tout à l'heure.

Je suis sortie en trombe de la classe. Je regrettais déjà ma décision.

Chapitre 5

JE ME SENTAIS un peu désorientée. J'avais du mal à croire que madame Lacasse avait réussi à me convaincre d'assister à son cours. En attendant le début de ce dernier, j'ai décidé d'aller à la cafétéria pour m'avancer dans mes lectures. Ça me calmerait un peu. Même si les textes que je devais lire pour mon cours de français, après celui de marketing, étaient très ennuyeux, ça avait le mérite d'occuper mon cerveau. Je me suis installée à la première table disponible. Il était assez tôt, mais la cafétéria commençait déjà à se remplir d'étudiants qui en profitaient pour manger avant leur premier cours ou pour finir un devoir à la dernière minute. Sans grande motivation, j'ai sorti mes cahiers de mon sac et j'ai commencé à lire un texte.

Au bout de quelques minutes, j'ai réalisé qu'il était inutile d'essayer de me changer les idées. Malgré le fait que madame Lacasse m'avait promis que nous n'allions pas utiliser le jeu, j'avais beaucoup de difficulté à me détendre. Je savais que je n'avais en théorie rien à craindre, mais les souvenirs de ma dernière séance de Ouija me terrorisaient.

J'avais cependant promis à madame Lacasse que j'allais faire un effort. Après tout, le jeu ne serait pas utilisé. Je ne risquais rien. Rien du tout.

Je me répétais cette phrase dans ma tête sans arrêt.

Je. Ne. Risque. Rien.

Alors, pourquoi est-ce que je ne pouvais pas m'empêcher de penser que me présenter à ce cours était une erreur ?

Perdue dans mes pensées, j'ai sursauté quand Clara s'est assise à côté de moi.

– Hé ! Ça va ?

J'ai tenté de lui sourire comme si de rien n'était.

– Oui, ça va. J'étais justement en train de prendre mes affaires pour aller au cours de marketing.

– Moi aussi, mais je t'ai vue assise, je me suis dit qu'on pourrait s'y rendre ensemble ! Je pense que je n'ai jamais été aussi excitée d'aller en classe à 9 h !

Clara avait l'air survoltée. J'ai souri tristement. J'aurais tellement aimé avoir cette innocence, moi aussi… J'ai lentement fini de remettre mes cahiers dans mon sac et nous avons commencé à marcher en direction de notre salle de cours. Fidèle à elle-même, Clara parlait de tout et de rien. À vrai dire, je ne l'écoutais pas vraiment, mais cette fille avait tant de choses à dire qu'elle ne s'en rendrait probablement même pas compte. Quelques minutes plus tard, nous étions arrivées. Même si madame Lacasse m'avait dit que je pouvais me mettre au fond de la classe, je n'avais pas envie d'attirer l'attention. Je me suis donc assise, comme d'habitude, à côté de Clara. Juliette et Mégane sont bientôt venues nous rejoindre. La classe commençait à se remplir. Tout le monde semblait surexcité du cours à venir.

J'ai sursauté quand la cloche a sonné. Clara a éclaté de rire.

– Voyons, ça va ? Tu as l'air nerveuse.

J'ai hoché la tête, tentant de montrer une certaine désinvolture.

– Oui, ça va, je ne sais pas, je suis un peu dans la lune, c'est tout ! lui ai-je dit en détournant mon regard vers le devant de la salle de classe.

Madame Lacasse, à son bureau, a lancé :

– Bonjour ! Êtes-vous prêts pour un cours sur la fameuse planche de Ouija ?

Les étudiants se sont mis à applaudir de joie. Pas moi. Mon corps entier s'est crispé lorsqu'elle a sorti la planche de la boîte. Je savais exactement comment ce jeu était fait, même si je ne l'avais pas vu depuis plusieurs mois. Madame Lacasse a simplement déposé le Ouija sur son bureau et a regardé la classe. Plus je fixais le jeu et plus j'avais l'impression qu'il m'observait. Bien entendu, ce n'était que mon imagination fertile. Un jeu ne peut pas nous observer.

J'ai fermé les yeux et je me suis forcée à reprendre le dessus sur mes émotions. Ce n'était qu'un bout de carton. Du carton complètement inoffensif.

Je me répétais sans cesse cette phrase dans ma tête, si bien que j'ai manqué les premières explications de madame Lacasse. Ça m'importait peu, au fond. Je savais déjà comment il fonctionnait, et je n'avais aucune envie d'avoir plus d'informations concernant sa création. J'avais juste envie que le cours se termine le plus rapidement possible. J'ai discrètement regardé l'heure sur mon téléphone : 9 h 20.

Plus que deux heures et quarante minutes.

Pour faire passer le temps plus vite, j'ai décidé d'écouter ce que madame Lacasse avait à dire.

«Je ne risque rien. Ce n'est que du carton. Relaxe, Elsie. Tout ça est derrière toi.»

– Dans la culture populaire, l'utilisation du Ouija a principalement été montrée dans la littérature ou encore les films d'horreur. C'est probablement pourquoi plusieurs l'associent automatiquement aux esprits démoniaques et au danger, alors qu'il ne s'agit que d'impressions sur du carton rigide.

– Mais comment expliquez-vous le fait que le pointeur bouge tout seul ? a demandé Alex, un élève de la classe.

– Oh, de nombreuses recherches scientifiques ont été faites à ce sujet. C'est certainement lié à l'effet idéomoteur, c'est-à-dire que les gens qui utilisent le jeu déplacent eux-mêmes le pointeur sans en avoir conscience, parce que leur inconscient a vraiment envie de communiquer avec l'au-delà. C'est pour cela que les participants ont l'impression d'être réellement en conversation avec un esprit alors que ce n'est pas le cas.

J'ai soupiré. Évidemment que, pour elle, tout était aussi simple. Le problème, c'est qu'elle en était presque convaincante. J'avais envie de lever la main et de lui poser un tas de questions pour la déstabiliser. Si je n'avais pas autant tenu à garder ma vie personnelle secrète, j'aurais raconté mon expérience du Ouija devant toute la classe. Peut-être que, là, madame Lacasse aurait réagi.

Mais bon, je me suis contenue. Après tout, comme elle me l'avait mentionné, ce n'était pas le but du cours. Nous étions là pour analyser le jeu. J'ai ramené mon attention vers le devant de la classe, alors que madame Lacasse était encore en train de répondre aux questions des étudiants qui se demandaient si ce jeu permettait vraiment d'entrer en contact avec les esprits.

– Ce n'est qu'un jeu. Point à la ligne. Si c'était réellement dangereux, il ne serait pas vendu dans les magasins, pas vrai ? Qui plus est, dans des magasins de jouets pour enfants ! Bon, allez, trêve de bavardage, continuons le cours. Prenez la première page du document que je vous ai remis.

Lorsque la cloche a sonné, je me suis sentie plus légère. Malgré mes craintes, le cours était passé très vite et je devais reconnaître que, d'un point de vue analytique, il avait été intéressant. Du moins quand j'avais écouté. Peut-être que madame Lacasse avait raison, au fond. Tout irait bien. Lentement, je me suis mise à rassembler mes affaires pour les mettre dans mon sac. Malgré le fait que j'étais beaucoup plus détendue, je n'arrivais pas à quitter la planche de Ouija des yeux. C'était stupide, parce que je savais que si personne n'y touchait, il n'arriverait rien. J'ai sursauté en sentant une main se poser sur mon épaule.

– Oh, désolée, je ne voulais pas te faire peur ! s'est tout de suite exclamée Juliette.

– Non, ça va, t'inquiète, c'est moi qui étais perdue dans mes pensées.

Je me suis efforcée de sourire. Nul besoin d'inquiéter mes amies. De toute façon, le pire était passé. J'avais survécu à mon cours, rien n'était arrivé et je n'allais plus jamais revoir cette damnée planche de Ouija de ma vie.

– On avait envie d'aller manger quelque part, tu veux venir avec nous ? m'a demandé Mégane.

– Oh ! Merci de l'invitation, c'est gentil, mais j'ai pris plein de retard dans mes travaux et mes études… Faut vraiment que je le rattrape un peu ce midi, désolée.

À priori, ce n'était pas faux. J'avais beaucoup de devoirs à faire, mais j'avais surtout envie d'être seule.

– T'es vraiment trop studieuse, toi ! m'a dit Clara avec une moue boudeuse.

– Que veux-tu, il faut faire des choix dans la vie. On fera ça une autre fois, promis ! lui ai-je répondu avec un sourire, tout en me dirigeant vers la porte.

Chapitre 6

LE VENDREDI SUIVANT, j'ai quitté mon deuxième cours de marketing de la semaine le cœur beaucoup plus léger. Non seulement la présence du Ouija au dernier cours n'avait eu aucune conséquence, mais nous avions abordé un sujet complètement différent : Disney. Je ne comprenais pas trop comment fonctionnait le cerveau de madame Lacasse. Une semaine nous parlions des influenceurs, la suivante du Ouija et l'autre d'après de Disney ? Cette femme était pleine de surprises.

À part Felix, personne dans mon entourage ne savait que j'avais de nouveau été en contact, même indirect, avec une planche de Ouija. Olivia était beaucoup trop loin pour que je lui en parle, mes parents (surtout ma mère) auraient paniqué (avec raison), l'agente Lemieux m'aurait probablement, cette fois, internée avec l'aide de ma psychologue. Non, vraiment, j'avais bien fait de garder ça pour moi, surtout que rien ne s'était passé. Après le cours du mardi, j'avais repris le cours de mon existence comme si de rien n'était.

Au lieu de quitter l'école à midi comme d'habitude le vendredi, j'avais décidé de rester quelques heures supplémentaires pour travailler à la bibliothèque avec mes amies. Nous avions beaucoup d'examens de planifiés dans les prochaines semaines ainsi que des textes à remettre. C'était beaucoup plus motivant de faire ça ensemble que chacune de notre côté. Après une longue journée à étudier et à se nourrir de bonbons et de chips, nous avions toutes un peu mal à la tête et nous étions prêtes à quitter la bibliothèque. De toute façon, il était tard et l'école allait bientôt fermer.

– Ouf, c'était interminable, cette journée ! Disons que je ne suis pas mécontente de retourner chez moi, a dit Mégane en refermant ses cahiers.

– Ne m'en parle pas ! C'est épuisant d'être assise à étudier toute la journée, a soupiré Juliette.

Je pensais exactement comme elles. J'avais la migraine et j'en avais marre d'avoir la tête plongée dans les manuels scolaires. J'avais hâte d'aller voir Felix et de passer le week-end avec lui, sans penser à mes travaux scolaires.

– On a vraiment bien travaillé, les filles. On mérite de se reposer ce week-end ! On se voit lundi ? leur ai-je lancé en marchant vers la porte.

– Profite bien avec ton amoureux ! m'a dit Clara en me faisant un clin d'œil.

Ça m'a fait sourire. Mes nouvelles amies n'avaient pas encore rencontré Felix, mais elles savaient déjà tout sur lui. J'étais la seule des quatre à être en couple, et je me retrouvais souvent à parler de mon copain. Ça ne me dérangeait pas. J'étais contente d'avoir une relation simple, sans problèmes ni inquiétudes... Et j'avoue que j'aimais bien me vanter de tout ce que Felix faisait pour moi. Je pense que mes amies étaient un peu jalouses, même. Il fallait que je regarde si Felix n'avait pas des amis célibataires que je pourrais leur présenter. Je n'étais pas aussi proche de Clara, de Juliette et de Mégane que je l'étais d'Olivia, mais j'appréciais beaucoup leur compagnie et j'avais toujours hâte de les revoir, même si c'était dans un contexte scolaire. J'avais rarement vu des filles aussi agréables à côtoyer. Elles méritaient d'être heureuses, elles aussi.

En sortant de l'école, nous nous sommes séparées pour partir chacune de notre côté. Je me suis rapidement dirigée vers ma voiture. Le ciel était gris et j'entendais gronder au loin, signe qu'il allait bientôt se mettre à pleuvoir. Je n'avais pas envie d'être trempée, d'autant plus que j'avais quarante-cinq minutes de route à faire pour aller chez Felix. En entrant dans mon auto, j'ai ouvert mon application de GPS. Je connaissais parfaitement le chemin, mais je vérifiais toujours l'état du trafic avant de partir. Comme d'habitude, mon GPS me proposait deux trajets. Le premier, celui que je suivais chaque jour, me faisait passer par l'autoroute et durait quarante-cinq minutes. Le second prenait quinze minutes de moins, mais me forçait à prendre une petite route de campagne très peu fréquentée.

En fait, je n'étais jamais passée par là parce que ça m'effrayait. Quelqu'un m'avait dit que cette route n'avait pas beaucoup de lumière et passait au milieu d'une immense forêt. J'avais une peur bleue de l'emprunter seule. Si je tombais en panne ou si j'avais une crevaison ? Je savais que je n'étais pas à l'abri de ce genre de chose sur l'autoroute, mais j'y étais certainement plus en sécurité.

En prenant ce raccourci, j'arriverais quinze minutes plus tôt, ce qui n'était pas négligeable. Après une longue semaine remplie d'émotions, je n'avais qu'une envie : retrouver Felix. J'étais très fatiguée, il commençait à faire noir et j'avais une peur terrible de m'endormir au volant. Réduire mon chemin du tiers me semblait plus sûr, même si je n'étais pas certaine d'aimer conduire sur une route pratiquement déserte pendant un orage. J'ai réfléchi quelques instants, puis j'ai décidé de prendre le raccourci. Après tout, il y avait si peu de voitures sur cette route que je n'aurais qu'à conduire plus vite si j'avais peur.

En tournant la clé dans le contact, j'ai monté le volume de la radio. Non seulement ça m'aiderait à rester réveillée, mais ça couvrirait le bruit du tonnerre. Je n'avais pas peur de l'orage ; j'étais juste un peu mal à l'aise de conduire dans de telles conditions. J'espérais que j'allais réussir à me rendre chez Felix avant le début de la pluie. Tout en respectant la limite de vitesse, je roulais le plus rapidement possible. Je n'avais jamais vu un ciel aussi noir et les éclairs ne me disaient rien qui vaille.

Au bout de quelques minutes, je suis arrivée à l'intersection menant aux deux différents chemins. J'avais à gauche la voie conduisant à l'autoroute et à droite la route de campagne. En faisant mon arrêt obligatoire, je me suis de nouveau demandé s'il était sûr de prendre un chemin inconnu alors qu'il y avait un orage imminent. J'ai regardé l'heure sur le panneau de contrôle de ma voiture.

Non, assurément, la route de campagne déserte et effrayante valait les quinze minutes de moins. J'ai tourné à droite, un peu à contrecœur, mais je savais que ce raccourci me permettrait d'arriver plus vite chez Felix.

Soudain, la pluie s'est mise à tomber.

C'était un déluge comme j'en avais rarement vu. Il pleuvait tellement que, même avec mes essuie-glaces réglés à la vitesse maximale, je ne voyais presque rien devant moi. J'ai lâché l'accélérateur, puis, avant d'appuyer sur les freins, j'ai regardé dans le rétroviseur pour m'assurer qu'un véhicule ne me suivait pas.

Et c'est là que je l'ai aperçue.

Une jeune fille, sous la pluie torrentielle, marchait en plein milieu de la route.

Paniquée, j'ai aussitôt freiné. J'ai garé ma voiture sur le bas-côté, puis j'ai de nouveau regardé dans le rétroviseur. Je ne voyais pas grand-chose, mais je pouvais discerner une silhouette féminine avec de longs cheveux roux, qui marchait d'un pas hésitant, comme si elle ne savait pas trop où aller. Malgré le temps plus froid, elle ne semblait porter qu'une petite robe d'été fleurie avec un manteau noir. Elle devait crever de froid sous cette pluie !

Sans attendre, je suis sortie de ma voiture, ignorant le fait qu'il pleuvait aussi fort. En quelques secondes à peine, j'étais totalement trempée, mais je n'en avais rien à faire. Je marchais droit devant moi, essayant d'apercevoir la jeune fille. Peut-être qu'elle était tombée en panne. Pourtant, je n'avais pas vu d'autre véhicule sur la route. Avec la pluie et le brouillard, je n'arrivais pas à voir très bien ni devant ni derrière moi. Même si la route était pratiquement déserte, je restais le plus possible sur le côté pour éviter un accident.

– HÉ HO ?

Je regardais partout autour de moi, mais je ne voyais toujours personne. Pas de véhicule, pas de jeune fille, personne. C'était très bizarre. Nous avions beau être entourées d'une forêt, je ne pouvais pas croire qu'elle se soit volatilisée aussi rapidement.

– IL Y A QUELQU'UN ?

J'étais tellement mouillée que j'en tremblais. Comme je ne voyais toujours rien et que j'étais congelée, j'ai décidé de retourner à ma voiture. Aussitôt assise sur mon siège, j'ai verrouillé les portières. Les deux mains sur le volant, j'ai essayé de reprendre mon souffle. Chaque respiration me faisait mal. J'avais l'impression qu'un froid glacial me suivait jusque dans mes os. Était-ce parce que j'étais trempée ou parce que je n'arrivais pas à m'expliquer ce que je venais de voir ? J'ai fermé les yeux et secoué la tête.

Ce n'était pas la première fois que je m'imaginais des choses. J'étais probablement juste fatiguée, un peu effrayée à cause de l'orage et ma vision avait sans doute été troublée par la pluie. Peut-être que j'avais besoin de lunettes. Pourtant, j'avais vraiment l'impression d'avoir vu une silhouette de jeune fille marcher sur la route. C'est difficile à imaginer, non ?

J'ai allongé le bras pour prendre mon téléphone. Même si j'étais pratiquement sûre de m'être imaginé cette jeune fille, est-ce que je ne devais pas appeler les secours ? Le temps était horrible et les nuits étaient de plus en plus froides. S'il y avait réellement quelqu'un, c'était mon devoir de l'aider, pas vrai ? En ouvrant mon téléphone, j'ai constaté qu'il n'y avait pas de réseau. J'étais coupée du monde.

Toute frissonnante, j'ai démarré le moteur de ma voiture en espérant qu'il fonctionne sans problème. Ouf. En attachant ma ceinture de sécurité, j'ai remarqué qu'il pleuvait un peu moins. Il faisait déjà très noir, mais au moins j'allais pouvoir conduire en étant plus à l'aise. J'ai regardé derrière moi pour m'assurer une dernière fois qu'il n'y avait toujours personne, puis j'ai repris ma route en direction de ma ville.

Je n'ai pas pu m'empêcher de penser à cette jeune fille invisible pendant tout le reste du trajet.

Chapitre 7

J'ÉTAIS ARRIVÉE CHEZ Felix complètement trempée et paniquée. Évidemment, je lui avais raconté tout ce qui venait de se passer. Comme toujours, il m'avait écoutée et réconfortée, sans une seule fois douter de moi.

Après avoir pris une longue douche bouillante, bien au chaud dans mon pyjama, j'étais installée dans son lit, un peu plus détendue. Felix est allé chercher mes bonbons préférés, puis il est venu se coucher à mes côtés.

– Ça va mieux ?

– Mmm mmm, lui ai-je dit en hochant la tête.

Mais qu'est-ce que j'avais fait pour avoir quelqu'un comme lui dans ma vie ?

– Le truc, c'est que je croyais être guérie, tu vois. Tout allait tellement mieux ! Comment est-ce que j'ai pu m'imaginer des choses comme ça ? Les gens qui vont bien dans leur tête ne voient pas des filles qui marchent sur la route en plein milieu de la forêt.

– Mais est-ce que tu es certaine de l'avoir imaginée ? m'a-t-il demandé en passant sa main dans mes cheveux.

– Non… Mais si je ne l'ai pas imaginée, il y a peut-être une fille en détresse dans la forêt et je n'ai rien fait pour l'aider.

– Arrête de te torturer, Elsie. Ce n'est pas comme si tu n'avais pas essayé de faire quelque chose. Si elle s'est sauvée, c'est qu'elle n'avait sans doute pas besoin d'aide.

– Mais comment tu expliques le fait qu'une fille soit dans une forêt comme ça, toute seule le soir ? Je te jure qu'il n'y avait pas de voiture près d'elle, rien. Elle n'aurait pas pu marcher si loin, il ne semble pas y avoir de maisons aux alentours…

– Ben, dans ce cas, tu es peut-être juste un peu fatiguée et tu as imaginé voir une silhouette de jeune fille.

Felix m'a serrée dans ses bras. Je voyais bien qu'il essayait de me rassurer, mais qu'il ne savait pas trop quoi dire. Je me suis rapidement écartée de lui pour être en mesure de le regarder dans les yeux.

– Mais ce n'est pas mieux, ça veut dire que je suis devenue folle et que j'imagine des choses.

J'ai pris ma tête dans mes mains. Décidément, il n'y avait pas d'issue à mon problème. Soit j'étais folle, soit il y avait réellement une fille seule et perdue dans une forêt.

– Tu veux qu'on retourne voir demain ? m'a demandé Felix.

– Voir quoi ?

– Ben, si jamais la fille est encore là...

– Tu veux bien ?

– Bien sûr que oui ! Si ça peut te redonner la paix d'esprit...

En souriant, je me suis blottie contre lui. Plus que jamais, je réalisais à quel point j'avais de la chance de l'avoir. En soupirant, je me suis de nouveau détachée de Felix.

– N'empêche que ce n'est pas du tout comme ça que je m'imaginais commencer mon week-end.

Il m'a tendu le bol contenant mes bonbons préférés.

– Est-ce qu'il y aurait une manière de remédier à ça ?

Je lui ai souri.

Après une bonne nuit de sommeil, j'ai été réveillée le lendemain matin par les rayons du soleil qui emplissaient la chambre. Il m'a fallu quelques minutes pour me rappeler ce qui était arrivé la veille. J'ai chassé cette pensée rapidement, heureuse d'être en compagnie de Felix pour le week-end. Comme j'avais pas mal avancé dans mes travaux, je savais que je pouvais prendre du temps pour moi, sans penser à l'école.

Nous avions prévu de faire un peu de shopping parce que Felix avait besoin d'une nouvelle paire de chaussures. Nous voulions aussi aller au cinéma. En général, nous regardions nos films à la maison, puisqu'il n'y avait pas de cinéma dans notre ville. Le plus proche était à quarante-cinq minutes de route, à quelques rues à peine de mon école. Comme nous avions envie de voir le nouveau *Halloween*, nous étions prêts à conduire jusque-là. J'étais très excitée. En fait, je pense que le samedi était ma journée préférée. Felix et moi n'avions pas de cours, pas d'emploi pour le moment, alors nous pouvions vraiment en profiter, comme durant l'été qui venait de passer. Il faut dire que nous trouvions les semaines longues. Nous avions pris l'habitude, jusque-là, de nous voir presque chaque jour, mais comme nous ne fréquentions plus la même école, c'était un gros ajustement. Nous profitions de chaque petit moment ensemble.

Comme toujours, la journée est passée très rapidement. Entre notre déjeuner à la maison, le shopping et notre dîner au restaurant, nous n'avons pas vu le temps passer.

Puisque nous voulions aller voir la représentation de *Halloween* de 19 h 45, nous avons quitté le restaurant à 18 h 15 pour être certains d'avoir de bonnes places... mais aussi pour voir si nous allions de nouveau croiser la jeune fille dans la forêt.

Felix a tenu parole et a pris le raccourci par la route de campagne. Une partie de moi avait envie de lui dire que nous ferions mieux d'oublier ça, qu'au fond je ne tenais pas à y aller. J'étais prête à admettre que j'avais imaginé cette fille. Cependant, je n'arrivais pas à chasser ce sentiment de culpabilité qui m'habitait. S'il n'y avait pas réellement une fille en détresse, je devais en avoir le cœur net.

Lorsque Felix a commencé à rouler sur la petite route que j'avais empruntée la veille, j'ai senti une boule se former dans mon estomac. Je savais qu'il y avait peu de chances que je revoie cette fille : même si elle m'avait semblé très réelle, elle n'était très certainement que le fruit de mon imagination. Et même s'il y avait véritablement eu une fille en détresse dans la forêt... les probabilités qu'elle y soit encore étaient très minces. Quelqu'un aurait fini par lui porter secours. C'était une route de campagne assez isolée, mais il y avait forcément quelques voitures qui y passaient. La jeune fille avait peut-être eu peur de moi et c'est pour ça qu'elle s'était enfuie. Après tout, j'aurais eu la même réaction. On ne sait jamais sur qui on peut tomber et il vaut mieux être prudent.

Je regardais tout de même droit devant moi, juste au cas où... Je dois avouer que je reconnaissais à peine la route. En plein jour, sans une pluie torrentielle comme celle de la veille, elle me semblait beaucoup moins effrayante. Même si je regardais partout autour de moi, je sentais la boule dans mon estomac rapetisser. Peu à peu, mon corps et mon esprit semblaient se détendre. Je l'avais peut-être réellement imaginée, au fond. C'était sûrement juste...

C'est pile à ce moment que je l'ai aperçue.

– ARRÊTE-TOI, FELIX, ELLE EST LÀ !

Paniqué, Felix a aussitôt appuyé sur les freins, sans même vérifier s'il y avait quelqu'un derrière nous. Avant même que la voiture ne soit immobilisée, j'ai ouvert la portière et je suis sortie en trombe. Elle était là, devant moi.

J'ai pointé un doigt en direction de la jeune fille. Elle était dos à nous, ses cheveux lisses bougeant au gré du vent. Elle portait les mêmes vêtements. Pour une fille qui avait probablement passé la nuit sous la pluie, elle ne me semblait pas trop mal en point. Comme Felix ne réagissait pas, je me suis retournée vers lui.

– Tu vois, je t'avais dit qu'elle était là ! Allez, viens, il faut aller l'aider ! On n'a pas de réseau, ici, mais au moins elle peut monter dans la voiture avec nous !

J'ai voulu marcher dans sa direction, mais Felix a pris ma main pour me retenir. Je l'ai regardé encore une fois. Il affichait un air grave.

– Il n'y a personne, Elsie…

En pivotant vers la fille, je me suis aperçue qu'elle avait disparu.

– Non, mais ce n'est pas normal ! Elle était là il y a quelques secondes ! Tu n'as rien vu ? Je te l'ai montrée !

Felix a hoché la tête de gauche à droite.

– Je suis désolé, Elsie, mais il n'y avait personne…

– Non, non, non, je te jure, elle était juste devant moi ! Je ne suis pas folle, Felix, c'était la même fille qu'hier et elle a disparu !

J'ai regardé de nouveau devant et autour de moi. J'ai même marché en direction de l'endroit où la fille se trouvait quelques instants auparavant. Il n'y avait rien, absolument rien. J'étais convaincue d'avoir vu la jeune fille une deuxième fois, mais Felix était tout aussi certain qu'il n'y avait personne. Dépitée, je suis retournée m'asseoir dans la voiture, en silence, pendant que Felix reprenait le volant en direction de Clarmont. J'ignore s'il ne me parlait pas parce qu'il voyait que j'étais perdue dans mes pensées ou parce qu'il avait peur que je sois devenue folle.

Moi aussi, j'avais peur.

La seule chose qui m'empêchait de complètement paniquer, c'est une pensée qui me trottait dans la tête depuis la veille au soir. Je n'avais pas voulu y réfléchir davantage parce que j'espérais que toute cette histoire allait se révéler fausse… Mais les choses n'allaient pas en s'améliorant pour moi et je savais que j'allais bientôt devoir faire face à mes pensées les plus sombres.

Et si Felix ne pouvait pas voir la fille parce qu'elle était morte ?

Chapitre 8

TOUT ÉTAIT SILENCIEUX, si ce n'était les respirations régulières de Felix, qui dormait profondément à côté de moi. Il était 2 h 31 du matin et, sans surprise, je n'arrivais pas à dormir. Je n'avais pas non plus réussi à me concentrer sur le film que nous étions allés voir. Mon cerveau était obnubilé par l'apparition de la jeune fille dans la forêt. Qui était-elle ? Si elle était en détresse, pourquoi avait-elle disparu les deux fois où j'avais tenté de l'approcher ?

Doucement pour ne pas réveiller Felix, je me suis redressée dans le lit. Mon cerveau fonctionnait à toute vitesse depuis l'avant-veille et, malgré le fait que j'étais devenue particulièrement douée pour bloquer les pensées sur lesquelles je préférais ne pas m'attarder, je sentais que ma bonne volonté allait bientôt disparaître. Pour la première fois, j'ai décidé de vraiment me poser la question que j'essayais le plus possible d'éviter.

Et si la jeune fille était décédée ? Et si ce que j'avais vu à deux reprises était en réalité… un fantôme ?

J'avais toujours pensé qu'on ne pouvait que sentir la présence des fantômes, qu'il était impossible de réellement les voir. Cependant, l'agente Lemieux m'avait expliqué que je pouvais garder des séquelles de mon expérience avec l'au-delà. Bien qu'il soit difficile de répertorier les symptômes exacts, puisqu'ils diffèrent selon les personnes, le plus commun est une hypersensibilité au monde spirituel. Elle avait précisé que certains sont plus sensibles que d'autres, et que n'importe quoi peut déclencher ce genre d'apparitions.

Jusqu'à ce jour, je croyais avoir été épargnée. Plusieurs mois s'étaient écoulés depuis l'incendie de ma maison et je n'avais absolument rien ressenti, vu ou encore entendu qui puisse me laisser croire que je faisais partie de l'infime proportion de la population hypersensible au paranormal.

Pourquoi avais-je été en mesure de voir ce fantôme ? Le simple fait que j'ai été en contact avec le jeu de Ouija dans ma salle de classe avait-il été suffisant pour déclencher cette apparition ?

C'est vrai qu'en général, on ne voit pas les fantômes, on sent leur présence. Dans mon cas, je n'avais vu ni Francine ni Franklin. J'avais simplement senti qu'ils étaient là, chacun amenant une ambiance différente. Dans le cas de la jeune fille, elle disparaissait aussitôt que je sortais de la voiture. Elle avait pourtant l'air tellement réelle ! Si elle n'était pas morte, comment expliquer le fait qu'elle était apparue exactement au même endroit, pratiquement à la même heure à une journée d'intervalle ? Comment expliquer qu'elle s'évaporait quand que je voulais m'approcher d'elle ? Que Felix n'avait pas été en mesure de la voir ?

Sachant que je n'allais pas arriver à m'endormir sans avoir au moins quelques réponses à mes questions, je me suis levée. Comme Felix avait loué un appartement, je pouvais aller dans le salon sans craindre de déranger qui que ce soit. L'ordinateur de Felix s'y trouvait ; c'était l'endroit tout indiqué pour faire des recherches.

En faisant le moins de bruit possible, je me suis dirigée vers la porte, que j'ai refermée doucement derrière moi. Je me suis confortablement installée sur le canapé, enroulée dans une couverture, et j'ai allumé l'ordinateur. Quelques secondes plus tard, le navigateur Internet était ouvert. Je me suis arrêtée quelques instants pour réfléchir. Qu'est-ce que je cherchais, au juste ? Je voulais découvrir qui était cette jeune fille, mais j'allais devoir commencer par quelque chose. J'ignorais si elle était réellement décédée. Une partie de moi espérait que j'étais en train de devenir folle. Je savais que si j'appelais l'agente Lemieux pour lui dire que j'avais eu des visions, elle s'empresserait de me faire enfermer pour éviter qu'une autre situation comme celle du printemps dernier ne se reproduise.

J'ai soupiré en regardant la page du moteur de recherche ouverte devant moi. Comme d'habitude, je pensais trop loin. Est-ce que j'avais vraiment besoin de savoir si cette fille était morte ou non? Si elle était bel et bien morte, il me suffisait de ne plus jamais passer par cette route pour ne plus la revoir, puisque les fantômes restent en général à l'endroit où ils sont décédés. Si je le voulais, j'avais la possibilité de mettre ces jours de frayeur derrière moi et ne plus jamais y penser. Espérer que c'était le dernier fantôme à croiser mon chemin.

Mais je me connaissais. Je savais que je n'arriverais pas à passer à autre chose si je ne trouvais pas de réponse à mes questions. J'avais beau avoir appris à bloquer les pensées négatives, ma trop grande curiosité rendait la tâche impossible cette nuit-là.

Sans trop réfléchir, j'ai tout simplement écrit le nom de la ville près de laquelle j'avais vu la jeune fille: Clarmont. Comme je ne savais pas précisément ce que je cherchais, je me suis dit que c'était un bon début. Les premiers résultats n'étaient pas étonnants : le site officiel de la ville, une page Wikipédia, une page Facebook ainsi qu'un lien vers Trip Advisor. En faisant défiler les résultats suivants, je ne voyais que des liens sans intérêt comme les écoles, les restaurants, le cinéma ou encore des propriétés à vendre.

Bon. Visiblement, j'allais devoir raffiner mes recherches.

J'ai tapé « Clarmont + jeune fille ».

Aucun résultat.

En soupirant, j'ai mis ma tête entre mes mains et j'ai serré mes tempes très fort, comme pour m'aider à réfléchir. C'est difficile de trouver quelque chose quand on ne sait pas trop ce qu'on cherche.

J'ai relevé la tête et tapé la combinaison de mots suivante : « Clarmont + jeune fille + forêt ? »

Encore une fois… pas grand-chose. Machinalement, je continuais de faire défiler les résultats en attendant de décider ce que j'allais écrire pour ma prochaine recherche. Soudain, quelques mots ont attiré mon attention : « *Une jeune fille décède dans un accident de voiture à Clarmont.* »

Cet article était daté du 20 octobre 2017. J'ai immédiatement cliqué sur le lien.

Bingo. La photo montrait exactement la jeune fille que j'avais vue à deux reprises. J'avais à peine réussi à voir son visage, mais ses longs cheveux roux m'ont aussitôt fait comprendre que c'était bien elle.

Émilie Marchand. Dix-sept ans.

J'ai retenu ma respiration. Dix-sept ans. Le même âge que moi. C'était tellement, tellement trop jeune pour mourir.

Je ne voulais pas continuer à lire l'article. Je savais désormais qu'Émilie était morte, ce dont je me doutais déjà. J'avais eu ma réponse ; je n'avais pas besoin de continuer à chercher des informations sur le sujet. Pourtant, il m'était impossible de décoller mes yeux de l'écran. Mon cœur me criait : « NON ! », mais ma tête l'ignorait et je me suis mise à lire le texte.

Un violent accident de la route coûte la vie à une jeune fille de 17 ans

21 octobre 2017

Émilie Marchand, de Clarmont, a perdu le contrôle de son véhicule sur la route 152. Elle a été transportée à l'hôpital où son décès a été immédiatement constaté.

L'alcool et la vitesse n'étaient pas en cause, ni l'utilisation du téléphone.

« L'impact de la collision a été tellement fort qu'elle est morte sur le coup », a mentionné un policier présent sur les lieux de l'accident.

Selon son entourage, Émilie était très appréciée au sein de sa communauté.

J'ai senti mon cœur se serrer. Pauvre Émilie. Elle n'avait eu aucune chance. Comme le révélait la deuxième photo de l'article, sa voiture était une perte totale. Cependant, quelque chose me semblait clocher : si l'alcool, la vitesse et l'utilisation du téléphone n'étaient pas en cause, qu'est-ce qui aurait pu causer un accident d'une telle force ? J'ai repris ma lecture de l'article.

Nous allons devoir enquêter plus en détail afin de déterminer ce qui s'est réellement passé, mais il s'agit probablement d'un malheureux accident. Pour qu'il y ait un tel impact, on peut clairement se douter que la conductrice a perdu involontairement le contrôle de son véhicule. Peut-être a-t-elle eu un malaise ou tenté d'éviter un animal.

Il était maintenant évident que j'avais vu le fantôme d'Émilie. Dans l'article, on mentionnait qu'elle était certainement morte sur le coup, puisque l'impact avait été si fort. L'avant de sa voiture était complètement embouti.

Je me suis mise à réfléchir. Pour qu'un fantôme demeure sur place, il faut que la personne soit morte dans des circonstances atroces. C'était le cas d'Émilie, mais si elle n'avait réellement rien ressenti et qu'elle était morte sur le coup, son esprit ne serait pas resté sur Terre. Peut-être qu'elle avait vraiment eu un malaise et que, paniquée, elle s'était sentie perdre le contrôle de sa voiture.

J'ai fermé les yeux très fort, comme pour réfléchir. J'avais fait beaucoup de recherches avec Louise et Felix, quelques mois plus tôt, afin de déterminer comment éliminer Franklin, mais j'avais tout enfoui au fond de ma tête, espérant ne plus jamais avoir à me souvenir de tout cela. Lentement, tout me revenait : les circonstances du décès, les sentiments éprouvés au moment de la mort et le centre d'énergie.

Je me suis redressée sur le sofa. Un fantôme reste sur Terre parce qu'il s'accroche à un objet physique, généralement quelque chose qui a une certaine valeur à ses yeux. Si Émilie était encore là, c'est peut-être qu'il y avait quelque chose qui lui appartenait dans la forêt et qui n'avait pas été ramassé. C'était la seule option possible.

Encore là, je revenais au point de départ : pourquoi son fantôme demeurait-il à cet endroit, sans rien faire ? Les deux fois où je l'avais vue, elle avait disparu avant même que je mette un pied hors de la voiture. Même si ce n'était pas ma première expérience avec des esprits, c'était la première fois que j'étais physiquement en mesure de voir un fantôme.

Peut-être que les esprits ne pouvaient simplement pas interagir avec des êtres vivants. Ça devait être le cas, parce que sinon Émilie m'aurait guidée jusqu'à son centre d'énergie pour que je puisse le détruire et la libérer de sa présence terrestre.

J'ai soudain senti un puissant mal de tête me tirailler le devant du crâne. J'ai fermé l'écran de l'ordinateur.

Pourquoi est-ce que j'essayais à tout prix de trouver des explications à tout cela ? Si je ne passais plus jamais par cette petite route sombre, je ne verrais plus jamais le fantôme d'Émilie. J'étais très triste pour elle, mais je ne pouvais rien faire. Comme je ne la connaissais pas, je n'avais aucune idée de ce que pouvait être son centre d'énergie et je serais par conséquent incapable de le détruire. Comme je l'ai déjà dit, j'avais promis de ne plus jamais faire quoi que ce soit qui pourrait me rapprocher du surnaturel, et je savais que j'avais déjà dépassé les limites. Si l'agente Lemieux et ma psychologue venaient à le savoir… je préférais ne pas imaginer ce qu'elles me feraient.

J'ai soulevé de nouveau l'écran de l'ordinateur pour effacer mes recherches. Je n'allais pas en parler à Felix. Non, j'allais faire comme toute personne normale : me dire que c'était seulement mon imagination et ne plus jamais y penser. Je commençais enfin à aller mieux, hors de question que je ruine le travail de plusieurs mois pour un seul fantôme. Elle ne me voulait pas de mal, je ne pouvais pas l'aider, sujet clos. Je devais lâcher l'affaire.

En soupirant, je me suis levée du sofa et suis allée prendre un verre d'eau à la cuisine. En le buvant tranquillement, je sentais le sommeil venir à moi. Sans un bruit, je suis retournée dans la chambre, où Felix dormait toujours paisiblement. Si seulement il avait su à quel point il avait de la chance de ne pas avoir un cerveau aussi hyperactif que le mien.

Quelques secondes après avoir mis ma tête sur l'oreiller, je me suis endormie.

Chapitre 9

LÂCHER L'AFFAIRE ÉTAIT plus facile à dire qu'à faire. Même si j'avais conclu, quelques jours plus tôt, que je n'allais pas me mêler de cette histoire de fantôme, je ne pouvais pas m'empêcher de penser à Émilie au moins une fois par jour. Je savais que je ne pouvais rien faire, mais c'était plus fort que moi, je m'inquiétais.

Je m'inquiétais pour le fantôme d'Émilie, en un sens, parce que même si les esprits n'ont pas la même conscience que nous, ça doit être terrible d'être condamné à errer pour l'éternité à l'endroit de sa mort.

Mais je m'inquiétais surtout pour ma propre santé mentale. Si j'avais vu un fantôme, qu'est-ce qui allait empêcher que j'en voie d'autres ? J'avais eu de la chance, parce qu'Émilie n'était pas un esprit malveillant. Mais ça ne voulait pas dire que ce serait toujours le cas. J'avais eu ma dose d'entité démoniaque avec Franklin et j'étais terrifiée à l'idée de devoir un jour retrouver sur ma route quelque chose qui voudrait ma peau.

Je n'avais rien dit à Felix. C'était mieux comme ça. Si je voulais réussir à oublier Émilie, la meilleure chose à faire était de ne pas pouvoir en parler avec qui que ce soit. De toute façon, Felix n'avait pas du tout remarqué ma petite escapade nocturne dans le salon, si bien qu'il ne se doutait de rien.

J'avais réussi à garder ma tête occupée, les derniers jours, avec mes examens et mes nombreux travaux à remettre. J'étudiais chaque fois que j'avais un peu de temps libre. Même si je ne savais pas exactement ce que je voulais faire plus tard, ni même les prochaines études que je voudrais entreprendre, il était important pour moi d'obtenir les meilleurs résultats possibles.

J'avais d'ailleurs passé toute la matinée de ce mercredi à étudier, tellement concentrée sur ce que je faisais que je ne pensais plus que j'avais un cours à 14 h. Il était un peu plus de 13 h quand j'ai réalisé l'heure qu'il était. Affolée, je me suis levée d'un bond, essayant à la fois d'enlever mon pyjama pour mettre mes vêtements et de brosser mes cheveux. Je n'avais pas très envie d'assister à mon cours de philosophie, mais comme je savais que le professeur allait donner des informations nécessaires pour l'examen de la semaine suivante, je n'avais pas d'autre choix que d'y aller. En à peine deux minutes, je m'étais habillée, peignée, j'avais pris mon sac d'école et j'étais montée dans ma voiture, prête à dépasser un peu les limites de vitesse afin d'être certaine de ne pas arriver en retard en classe.

J'ai réussi à faire le trajet en un peu moins de quarante-cinq minutes, ce qui fait que je me suis garée dans le parking de l'école cinq minutes avant le début du cours. En me dirigeant vers notre salle de classe, j'ai vu Clara qui marchait rapidement dans la direction opposée à la mienne. Elle m'a fait un énorme sourire.

– Hé, le cours de philo est annulé !

– Oh, t'es pas sérieuse ?

J'ai soupiré. Je venais de faire ce long trajet pour rien. D'habitude, je vérifiais toujours si mon cours était annulé avant de me déplacer, mais, dans la panique, j'avais complètement oublié.

– Oh, mais arrête, ce n'est pas grave ! T'as juste à retourner chez toi ! m'a dit Clara en me tapant amicalement l'épaule.

– C'est facile à dire pour toi, tu habites dans la même ville ! Moi, ça me fait une heure et demie de route pour rien !

D'un geste théâtral, j'ai lancé mon sac par terre en riant, comme pour signifier mon irritation. Clara, bonne joueuse, a aussitôt éclaté de rire.

– Peut-être, mais t'as la chance d'avoir une voiture ! Moi, je n'en ai pas et même si je vis pas très loin, je dois quand même attendre une heure pour le prochain autobus. Je suis aussi mal barrée que toi !

J'ai relevé la tête vers elle en souriant.

– OK, je te l'accorde. Tu veux que je te ramène chez toi ?

Le visage de mon amie s'est éclairé.

– Oh, tu ferais ça ? OUI !

– Ben oui, bien sûr ! T'es prête maintenant ?

– Je vais chercher mon manteau dans mon casier et on y va !

J'ai suivi Clara jusqu'à son casier en l'écoutant me raconter sa vie. Cette fille avait toujours quelque chose à dire. Je pense que c'est pour ça que je m'entendais si bien avec elle. Elle adorait parler et, moi, je préfère écouter. De toute façon, je n'avais pas grand-chose d'intéressant à raconter. Nous avons tranquillement marché jusqu'à ma voiture, laissant les rayons du soleil nous réchauffer. À cette heure, le parking était plein. Quand nous sommes arrivées devant mon auto, Clara s'est écriée :

– Wouah, belle voiture !

– Merci, c'est mon père qui me l'a offerte quand j'ai eu mon permis de conduire, lui ai-je dit nonchalamment.

Je savais que peu de gens de mon âge avaient la chance de se faire offrir une voiture par leurs parents, surtout un modèle aussi récent.

En entendant Clara soupirer, j'ai tourné la tête vers elle.

– T'as de la chance ! s'est-elle exclamée. J'ai cinq frères et sœurs, donc aucune chance que mon père m'en offre une, même s'il le voulait !

– Je suppose que ça fait partie des avantages d'être enfant unique, lui ai-je dit en démarrant.

– Oui, c'est clair. Mais, au fait, tu parles très peu de ta famille. Je ne savais même pas que tu étais fille unique.

Je savais que le sujet allait finir par arriver sur le tapis un jour ou l'autre, mais je n'avais pas envie de parler de ma vie familiale.

– Oh, oui. Je vis avec mon père et ma mère, c'est tout, lui ai-je répondu de manière évasive.

– On dirait que je n'arrive pas à imaginer une vie sans mes frères et sœurs. Je suis l'aînée, donc inutile de te dire que, chez nous, ça bouge ! Ça doit être terriblement silencieux chez toi, non ?

J'ai souri. Oui, c'était assez silencieux, mais pas pour les raisons qu'elle imaginait.

– Ça, t'en as aucune idée, Clara.

– Ça doit être cool d'avoir la paix. Il y a toujours quelqu'un dans ma chambre, toujours un conflit à régler et, comme je suis la plus vieille, je dois souvent m'en occuper pour aider mes parents.

– C'est sûr que ça ne doit pas être facile… Mais je t'avoue que j'aurais aimé avoir quelqu'un à qui me confier.

Clara s'est retournée vers moi en souriant.

– Ben, c'est pour ça que t'as des amies aussi géniales que moi !

J'ai éclaté de rire. Clara, si modeste et humble. J'ai profité du fait que nous étions à un arrêt pour la regarder.

– Sincèrement, Clara, je suis contente de t'avoir rencontrée. Juliette et Mégane aussi. Disons que j'aurais moins apprécié les cours obligatoires sans vous !

– J'avoue que je me passerais bien du cours de philosophie et de celui de français…

J'ai levé les yeux au ciel en riant. Effectivement, ces cours étaient loin d'être passionnants, mais puisqu'ils étaient obligatoires, nous n'avions pas le choix.

– Au moins, on a le cours de marketing pour nous sauver d'un ennui mortel. T'en penses quoi ? m'a demandé Clara.

Je me suis mise à réfléchir. À part celui portant sur le Ouija, j'aimais bien les cours de madame

Lacasse. Elle était une professeure passionnée et ça se voyait dans son enseignement. Elle arrivait toujours à nous surprendre et à rendre n'importe quoi intéressant.

– J'aime bien. C'est différent des autres cours qu'on a, en tout cas. Je ne suis pas certaine d'avoir envie de continuer mes études en marketing, mais, en attendant que je trouve ce qui me passionne réellement, c'est super intéressant !

– Ouais, même chose. Quand je me suis inscrite dans ce programme, je n'avais absolument aucune idée de ce que je voulais faire, c'est pour ça que j'ai choisi un enseignement plus général. Mais madame Lacasse a tellement l'air heureuse de transmettre ses connaissances que ça m'a donné envie de devenir enseignante, moi aussi ! Je ne sais pas précisément de quoi, mais je pense que j'ai trouvé ma vocation.

En souriant, je me suis concentrée de nouveau sur la route et mon GPS. Je savais que Clara en avait pour au moins cinq minutes à me dire ce qui l'attirait dans ce métier, si bien que je pouvais focaliser mon attention sur le trajet. Ne sachant pas exactement où elle habitait, je voulais être sûre de ne pas me tromper. Je l'écoutais d'une oreille distraite me raconter pourquoi elle pensait pouvoir devenir une enseignante dévouée et attentionnée, le genre de prof qui est appréciée de ses élèves, un peu comme madame Lacasse. Après avoir fini de me parler de sa nouvelle vocation, Clara est revenue sur le cours de marketing. Comme mon GPS m'indiquait que nous étions à quelques mètres de chez elle, j'entendais à peine ce qu'elle me disait.

– Je trouve ça complètement fou, quand même, que madame Lacasse ait eu l'audace d'amener un jeu de Ouija en classe, alors que ma grand-mère m'a dit qu'une de ses amies était morte dans l'école après avoir utilisé ce truc !

J'ai freiné brusquement.

– Attends, t'as dit quoi, là ?

J'avais forcément mal entendu. Il était impossible que Clara ait réellement dit ça. Elle m'a regardée d'un air surpris.

– Ben, je ne connais pas toute l'histoire parce que ma grand-mère a toujours refusé de m'en parler plus en détail, mais, en gros, quand elle avait dix-sept ans, une de ses amies est décédée parce qu'elle avait joué au Ouija. Je ne sais pas trop comment, en fait. Mais tout ce que je sais, c'est que ma grand-mère m'a toujours interdit de m'approcher d'un jeu de Ouija.

Ah, tiens donc. Ça me semblait être une femme réfléchie, cette grand-mère.

– En tout cas, je n'avais jamais pu voir un jeu d'aussi près. Moi qui aime tant les films d'horreur, j'avais vraiment hâte de pouvoir mettre ma main sur un de ces jeux-là ! Avoue que quand tu as l'interdiction de faire quelque chose, ça te donne encore plus envie de l'essayer !

Je l'ai interrompue subitement.

– Et elle allait à notre école ? Ta grand-mère, je veux dire.

– Oui, et son amie aussi ! C'est ce que je te disais, elle est même morte dans notre école, tu imagines !

Merde. Ça me semblait digne d'un scénario catastrophe, ça. Inutile de rappeler ce qui était arrivé la dernière fois que je m'étais trouvée dans une maison où des gens étaient morts.

– T'es sérieuse, là ? Il y a une fille qui est morte dans notre école ? En jouant au Ouija ?

– Je te jure ! Visiblement ça a beaucoup affecté ma grand-mère parce qu'elle a toujours évité mes questions sur le sujet, mais t'imagines comment c'est fou ?

Non, Clara, ce n'était pas fou ; c'était catastrophique. J'essayais tant bien que mal de ne pas laisser la panique transparaître dans ma voix. Si je voulais en savoir davantage sur cette histoire, je devais garder mon calme et essayer d'arracher le plus d'informations possible à Clara.

– Mais, ta grand-mère, elle explique comment le fait que son amie est morte ? Qu'est-ce qui lui est arrivé exactement ? lui ai-je demandé naïvement.

– Je ne sais pas. Comme je te dis, elle m'a tout simplement dit de ne jamais toucher à un Ouija parce que son amie en était morte. Qu'il ne faut pas jouer avec ça.

Clara a soupiré.

– J'ai toujours trouvé ça bizarre, maintenant que j'y pense. Comment tu peux mourir juste en utilisant un jeu ? Madame Lacasse nous a répété pendant trois heures que tout cela n'était pas vrai, que ce n'était qu'un bout de carton avec des inscriptions dessus. C'est probablement ma grand-mère qui est un peu sénile. Elle est vieille, elle a genre soixante-cinq ans ! Tu en penses quoi ?

– Arrête, Clara, ce n'est pas vieux, soixante-cinq ans ! Elle n'est pas sénile. Ta grand-mère a peut-être juste été traumatisée par la mort de son amie. Avec raison.

Clara m'a regardée avec de grands yeux.

– Donc, tu y crois, toi, aux esprits ? Tu penses qu'on peut réellement communiquer avec des gens qui sont morts via une planche de Ouija ?

J'ai réfléchi un instant. Si je lui disais oui, j'allais devoir lui expliquer mon histoire et je n'étais pas prête. De toute façon, c'était une histoire interminable et ça m'aurait pris des heures.

– Oui, je crois aux esprits. Beaucoup, même. C'est pour ça que je pense qu'il vaut mieux ne pas trop se mêler à ça.

– Mais tu crois que ma grand-mère dit vrai ?

Je me suis contentée de hausser les épaules en évitant son regard.

– Je ne sais pas. C'est à elle que tu dois le demander ! Que ce soit vrai ou pas, le jeu n'a pas été utilisé en classe, donc je ne pense pas qu'on risque quoi que ce soit.

– Mais t'es certaine de ça ?

J'ai pris la peine d'observer mon amie. Elle respirait plus vite et je voyais un semblant de panique dans son regard. Je savais que je n'aurais pas dû m'engager dans cette conversation. De toute évidence, je lui avais fait peur.

– Je ne sais pas, Clara. Pourquoi toutes ces questions soudainement ?

– On dirait que je me sens comme si j'avais trahi ma grand-mère... Je suis tellement proche d'elle. Si tu savais comme je me sens coupable et...

Un coup de klaxon nous a fait sursauter, interrompant notre conversation. J'ai réalisé que j'avais encore mon pied sur le frein et que j'étais en plein milieu de la route. Le chauffeur de la voiture qui se trouvait derrière moi a pris soin de me contourner, non sans me regarder de travers.

J'ai retiré mon pied de la pédale de frein pour continuer à avancer en direction de la maison de Clara.

Quand je me suis garée devant chez elle, Clara a défait sa ceinture de sécurité et m'a serrée dans ses bras pour me remercier.

– Merci, Elsie, je te revaudrai ça un jour ! On se voit vendredi pour le cours ?

– Oui, mais attends, Clara… T'es certaine que ça va aller ? lui ai-je demandé d'un ton qui se voulait rassurant.

Clara a hoché la tête en souriant.

– Oui, ne t'inquiète pas. Je crois que je pense trop, parfois, et j'ai commencé à imaginer un scénario digne d'un film d'horreur. Ça ne t'arrive pas parfois, toi ? C'est comme si mon cerveau voyait trop loin.

Oh, Clara, si seulement tu savais…

– Oui, je comprends ce que tu veux dire. Mais ne t'en fais pas. Nous n'avons pas touché au jeu, donc tout est sous contrôle !

J'ai réussi à dire ça en souriant, presque comme si je me croyais moi-même. Clara m'a également souri et s'est dirigée vers sa maison.

Je l'ai suivie du regard jusqu'à ce qu'elle soit rentrée, puis j'ai repris ma route. J'ai monté le volume de la radio et je me suis mise à chanter à tue-tête les chansons populaires.

Tout pour m'empêcher de penser à ce que Clara venait de me dire.

Chapitre 10

À PEINE MON COURS de cinéma du jeudi terminé, je me suis précipitée vers le couloir. Ces trois heures m'avaient paru interminables, tant j'avais pensé à mon plan. Je n'aurais même pas pu dire de quel sujet il avait été question durant ce cours.

Depuis la veille, je n'arrêtais pas de songer à ce que Clara m'avait dit à propos de sa grand-mère, dont l'amie avait joué au Ouija et en était morte. J'étais obsédée par cette histoire. Comment est-ce que ça avait pu arriver ? On ne meurt pas parce qu'on joue au Ouija. La cause du décès n'était probablement pas le fait d'avoir utilisé la planche de Ouija, non ? Peut-être avait-elle été en contact avec un mauvais esprit et était-ce lui qui l'avait tuée. Je n'arrivais pas à m'enlever ces pensées de la tête.

C'est pourquoi j'avais décidé de mener une petite enquête à ce sujet. S'il y avait une entité dans mon école, là où je passais de nombreuses heures toutes les semaines, je devais en savoir davantage. J'étais consciente que je prenais des risques. Si ma psychologue et l'agente Lemieux venaient à apprendre ce que je faisais, j'aurais des problèmes, mais, depuis que je savais que quelqu'un était mort dans mon école, je ne m'y sentais plus du tout à l'aise. J'avais peur de me retrouver nez à nez avec un fantôme chaque fois que je tournais un coin.

J'avais tenté de commencer mes recherches en classe, mais mon professeur de cinéma se promenait constamment entre les bureaux pour s'assurer que tout le monde écoutait. Pour éviter d'attirer l'attention, je m'étais résolue à regarder droit devant moi durant trois heures. De toute façon, je savais que j'allais devoir me rendre à la bibliothèque, car je me doutais bien qu'il serait impossible de trouver sur Internet des informations à propos d'évènements ayant eu lieu à l'époque où la grand-mère de Clara était ado. Donc, dès que la cloche a sonné, je suis sortie de la classe. À peine quelques minutes plus tard, j'étais au volant de ma voiture, en route vers la bibliothèque municipale de Clarmont.

Comme je m'y attendais, la bibliothèque était vide. Il n'y avait que trois voitures dans le parking, dont la mienne. J'allais enfin être tranquille et pouvoir faire mes recherches en paix. Aussitôt entrée, je me suis approchée de la bibliothécaire, qui travaillait à son ordinateur au milieu de la pièce.

– Bonjour ! Vous allez bien ? lui ai-je demandé.

– Bonjour ! Comment je peux t'aider ? m'a-t-elle lancé sans même quitter son clavier des yeux.

Elle était petite, relativement jeune pour une bibliothécaire. Assurément pas la vieille dame qu'on imagine ou qu'on peut voir dans les films. Elle était blonde, les cheveux attachés vers l'arrière, ce qui lui donnait un air très sévère, tout comme les lunettes qu'elle portait sur le bout de son nez.

– J'aurais besoin de consulter les archives de journaux. De quelle façon est-ce qu'il faut procéder ? Je veux dire : est-ce que je peux y accéder sur l'ordinateur ?

Elle a alors levé la tête vers moi et m'a souri.

– Si tu savais à quel point tu me fais plaisir ! s'est-elle écriée en se levant de sa chaise. Viens avec moi, je vais te montrer comment fonctionne la machine. Ce n'est pas très compliqué, mais j'adore l'utiliser ! Suis-moi !

Sans dire un mot, je l'ai suivie dans les différentes rangées de livres jusqu'à une petite pièce, quasi cachée au fond de la salle. Elle a ouvert la porte et m'a fait signe d'entrer avant de la refermer.

– Tu vas voir, c'est super simple, m'a-t-elle dit en allumant la machine.

La bibliothécaire m'a montré comment utiliser la machine qui archivait les articles de journaux de l'ère prénumérique. En fait, comme Clarmont est une petite ville, absolument toutes ses archives étaient contenues dans cet appareil. Les articles avaient été numérisés, mais la machine était plus compliquée à comprendre qu'un simple ordinateur. Plus fragile, aussi. Ce n'était pas aussi facile que l'avait dit la bibliothécaire, mais, au bout de quelques minutes, j'ai saisi comment l'utiliser.

– Merci, c'est gentil ! Juste pour savoir, les articles de journaux remontent jusqu'à quelle année ?

– Oh, je ne suis pas certaine. Probablement autour des années 1900, peut-être un peu moins. Je ne peux pas te garantir qu'ils sont tous en bon état, par contre. Plusieurs d'entre eux n'ont pas été bien conservés et nous avons tenté de les sauver du mieux possible.

– Oh, ça va, j'imagine que ça reste tout de même lisible ?

– Ça dépend. Tu as besoin de quoi exactement ? Que cherches-tu, en fait ?

J'ai réfléchi quelques secondes. Je ne savais pas trop. J'ignorais si ce que Clara m'avait raconté était vrai ou non, ni même en quelle année ça avait pu arriver. Comme la bibliothécaire attendait une réponse, je me suis dit que j'allais lui raconter n'importe quoi pour qu'elle me fiche la paix.

– Oh, je fais un travail scolaire sur l'histoire de la ville, lui ai-je répondu avec un sourire.

– Parfait, prends tout ton temps. Tu te doutes qu'un soir de semaine, la bibliothèque n'est pas très populaire, encore moins les archives de journaux, a-t-elle ajouté en riant.

Puis, enfin, elle est sortie de la pièce. J'allais pouvoir commencer mes recherches. Je me suis mise à faire des calculs rapides, tentant de déterminer l'année du prétendu décès. Moi qui n'avais jamais été douée en mathématiques, j'ai réussi à calculer que si la grand-mère de Clara avait maintenant dans les soixante-cinq ans et qu'elle en avait dix-sept ans lors du décès de son amie, celui-ci était survenu aux environs de 1970.

J'ai réalisé l'ampleur de la tâche qui m'attendait en ouvrant le journal du 1er janvier 1965. Ça allait être très long si je devais chercher dans chaque journal sur une période de dix ans. J'ai rapidement calculé dans ma tête que trois cent soixante-cinq jours fois dix ans, ça faisait trois mille six cent cinquante journaux à lire !

J'ai regardé l'heure sur mon téléphone. J'avais moins de deux heures avant que la bibliothèque ne ferme. En soupirant, je me suis mise à la tâche.

Au bout d'une heure, je n'étais arrivée qu'au journal du 3 février 1965. Complètement découragée, j'ai laissé tomber ma tête sur le bureau. Je n'allais pas trouver de réponses à mes questions ce soir, c'était évident. Je me suis frotté les yeux de fatigue. Ça ne servait à rien que je continue. Les chances que je tombe sur quelque chose d'intéressant dans la prochaine heure étaient faibles.

Machinalement, j'appuyais sur les flèches qui permettaient de tourner les pages du journal, de plus en plus vite. Comment est-ce que j'allais faire pour trouver davantage d'informations sur ce que Clara m'avait dit ?

Tout en réfléchissant, j'ai réalisé que j'avais continué à appuyer sur les flèches du clavier. Sans m'en rendre compte, j'étais arrivée à la fin du journal, ce que je n'avais pas fait jusqu'à présent, puisque je considérais que les nouvelles importantes ne se trouvaient que dans la première moitié.

J'avais tout faux depuis le début.

J'avais maintenant devant moi la manière la plus rapide de trouver ce que je cherchais : la chronique nécrologique. Si j'arrivais à trouver l'annonce du décès d'une adolescente de dix-sept ans, ça serait beaucoup plus facile pour moi.

Sauf que… je ne savais toujours pas exactement l'année où était décédée l'amie de la grand-mère de Clara et encore moins le mois. Si je devais consulter tous les journaux qui avaient été publiés quotidiennement pendant plusieurs années, j'allais y passer la nuit.

Découragée, j'ai mis ma tête dans mes mains. Pourquoi tout semblait toujours si facile dans les films ?

J'ai fermé la page du journal devant moi. J'ai commencé à explorer les documents à l'intérieur de la machine d'archives. Et c'est là que je suis tombée sur un dossier intitulé « Décès ». Sans attendre une seconde, j'ai appuyé sur les flèches pour l'ouvrir. Mes yeux se sont écarquillés. En définitive, peut-être que tout était aussi facile que dans les films.

J'avais, juste devant moi, un dossier officiel qui répertoriait tous les décès de la ville de Clarmont depuis sa fondation en 1890. J'en avais pour plusieurs heures de recherche encore… Mais, au moins, ça allait me faciliter les choses.

Je regardais chaque avis de décès avec attention, m'attardant sur ceux de filles ayant moins de vingt ans. Clarmont n'étant pas une très grande ville, il y avait très peu de morts, ce qui rendait ma tâche beaucoup plus facile. Moins d'une centaine par année en fait.

Lorsque j'ai vu l'année 1965 apparaître, j'ai commencé à regarder plus attentivement. Si mes calculs étaient exacts, le décès de l'amie de la grand-mère de Clara pouvait avoir eu lieu à n'importe quel moment à partir de là.

C'est effectivement en 1970 que j'ai finalement trouvé un avis de décès concernant une jeune fille de dix-sept ans. J'ai retenu ma respiration en lisant l'avis.

Le 6 octobre 1970, à Clarmont, est décédée accidentellement à l'âge de 17 ans Murielle Dupont, fille de Jeanne Valcourt et de Charles Dupont.

Elle laisse dans le deuil sa famille, ses amis ainsi que toute la communauté de Clarmont.

La famille recevra les condoléances à la Maison funéraire de Clarmont le 15 octobre 1970 de 10 h à 16 h.

Décédée accidentellement ? C'est tout ? Pas plus de détails ? Ça ne m'aidait pas du tout, ça. J'ai soupiré. Chaque fois que j'avais l'impression d'avancer, quelque chose venait se mettre dans mon chemin. Au rythme où ça allait, je n'allais pas m'en sortir.

Même si je n'avais pas plus d'informations sur le décès de Murielle, je me suis dit que j'allais tout de même continuer un peu mes recherches. J'étais pratiquement certaine que Murielle était la jeune fille décédée durant une partie de Ouija, parce que tout concordait : les dates, son âge et le moment.

Cependant, comme il n'y avait pas plus de détails sur les causes de sa mort, je me suis dit qu'il valait mieux vérifier et m'assurer qu'il n'y avait pas eu d'autres décès de filles du même âge dans les mêmes périodes. Je suis retournée en arrière jusqu'en 1950. Je regardais avec attention chaque avis de décès, mais aucun d'entre eux ne correspondait au profil que je recherchais. Je suis revenue aux actes de décès de 1970, et j'ai continué mes recherches à partir de là.

Il ne m'a fallu que quelques minutes pour tomber sur l'avis de décès d'une autre adolescente. En 1971, le 6 octobre plus précisément, une deuxième jeune fille de dix-sept ans était décédée.

> *Le 6 octobre 1971, à Clarmont, est décédée accidentellement Nadine Laroche à l'âge de 17 ans, fille de Victoria et Marc Laroche.*

1971… Il n'y avait qu'une année de différence entre ces deux décès. Est-ce que Murielle était bien celle que je cherchais ?

Hé, un instant ! Je me suis redressée sur ma chaise en lisant de nouveau l'avis de décès. 6 octobre 1971 ? C'était exactement la même date que Murielle. Un an, jour pour jour. Est-ce que ces deux morts pouvaient avoir un lien ? C'était vraiment bizarre.

J'ai secoué la tête, comme pour chasser cette pensée. J'avais une imagination trop fertile.

C'est là que j'ai entendu une petite voix dans ma tête. Émilie aussi avait dix-sept ans… Émilie était également décédée en octobre.

Est-ce que ça aussi, c'était une coïncidence ? Oui, probablement.

Je me répétais cette phrase sans cesse, un peu pour essayer de me convaincre.

Mais… si ce ne l'était pas ? Et s'il y en avait eu d'autres, entre Murielle et Émilie ? J'avais un très mauvais pressentiment et autant ma tête me criait de tout arrêter là, autant je devais en avoir le cœur net. J'ai repris mes recherches, une boule dans l'estomac de plus en plus présente. Je l'ai rapidement regretté parce que les résultats de mes recherches n'ont fait qu'amplifier mon malaise.

9 octobre 1978… Pauline Lambert… 17 ans

15 octobre 1985… Mathilde Clément… 17 ans

2 octobre 1990… Caroline Gauthier… 17 ans

11 octobre 1997… Virginie Mercier… 17 ans

18 octobre 2002… Léa Charpentier… 17 ans

22 octobre 2007… Élodie Perrot… 17 ans

4 octobre 2014… Camille Deschamps… 17 ans

21 octobre 2017… Émilie Marchand… 17 ans

J'ai calculé rapidement : avec Murielle, ça faisait dix. Dix jeunes filles décédées au cours des cinquante dernières années. De manière accidentelle, en plus.

– Mais qu'est-ce qui se passe ici ? … me suis-je dit à voix basse.

J'étais maintenant certaine que c'était beaucoup trop louche pour que ce soient réellement des coïncidences. Je dois avouer que l'hypothèse d'un tueur en série répétant le même mode d'assassinat est la première chose qui m'est passée par la tête… Cependant, chacun des décès était classé comme accidentel. Ma théorie ne tenait donc pas, mais j'avais encore besoin d'autres informations si je voulais avancer.

C'est à ce moment-là que j'ai réalisé que j'avais à présent les dates exactes des décès. Il me serait par conséquent beaucoup plus facile de trouver les journaux qui relataient les circonstances de la mort de ces jeunes filles avec, je l'espérais, plus de détails.

Comme de fait, j'ai vite réussi à trouver des articles plus détaillés sur la mort de chacune d'entre elles. Elles avaient presque toutes fait la manchette, sans surprise. J'ai lu chacun des articles rapidement, ne lisant que les grandes lignes, juste pour me donner une meilleure idée de la façon dont les dix jeunes filles étaient mortes.

Murielle Dupont s'était noyée ; Nadine Laroche avait suffoqué dans l'incendie de sa maison ; Pauline Lambert avait eu un accident de voiture ; Mathilde Clément avait trébuché dans ses escaliers et s'était cassé le cou ; Caroline Gauthier s'était étouffée ; Virginie Mercier aussi avait eu un accident de voiture ; Léa Charpentier était morte d'une réaction allergique ; Élodie Perrot avait été électrocutée ; Camille Deschamps avait été intoxiquée au monoxyde de carbone ; et Émilie Marchand était morte dans son accident de voiture…

C'étaient tous des accidents. Juste de bêtes accidents.

Chapitre 11

MON CORPS ENTIER tremblait. C'était tellement horrible. À croire que cette ville était maudite ou je ne sais pas quoi. Mon cœur se serrait quand je pensais à toutes ces jeunes filles qui étaient mortes, au même âge que moi, dans des circonstances banales.

Depuis l'incendie de ma maison, j'étais très consciente de la chance que j'avais d'être en vie. J'avais tant à vivre, tant à découvrir encore! Mourir à dix-sept ans, quand on n'a encore rien vécu, c'est juste horrible. Je n'arrivais pas à m'imaginer ces filles qui, en se levant le matin, ne savaient pas que c'était leur dernière journée à vivre. J'ai frissonné de nouveau.

J'ai regardé l'heure: 20 h 17. Bientôt, la bibliothèque fermerait et on me mettrait à la porte.

Sans perdre de temps, j'ai commencé à imprimer les différents articles que je venais de consulter. Comme la plupart d'entre eux n'étaient accessibles que par les archives de la ville, je n'aurais aucun moyen d'y accéder à distance. J'ai réussi à imprimer les articles et les avis de décès en un temps record, puis je les ai mis dans mon sac à dos en prenant bien soin de ne pas les froisser. Je ne savais pas si j'en aurais encore besoin, mais je ne perdais rien à en garder des copies. J'ai ramassé mes affaires, fermé l'appareil d'archives et je me suis avancée vers la porte.

En mettant ma main sur la poignée pour l'ouvrir, j'ai constaté qu'elle était fermée. Peut-être que c'est moi qui n'appuyais pas assez fort. J'ai essayé une deuxième fois. Toujours verrouillée.

Je me suis mise à paniquer.

– Hé ! Je suis ici, ouvrez-moi !

Je tapais de toutes mes forces sur la porte, même si je savais qu'on ne m'entendrait sûrement pas. Dépitée, j'ai donné un dernier grand coup dans la porte. Est-ce que j'allais vraiment être obligée de passer la nuit dans une bibliothèque ? Mon cœur battait à tout rompre et j'ai senti ma bouche devenir pâteuse. Non, ce n'était pas possible que je reste seule ici !

– Est-ce qu'il y a quelqu'un ? Je suis encore ici !

Au moment même où j'allais m'écrouler par terre de détresse, j'ai senti la porte s'ouvrir. Devant moi se tenait la bibliothécaire, clés en main. Elle me regardait d'un air furieux.

– Du calme. La porte se ferme automatiquement à la fermeture de la bibliothèque.

J'ai soupiré de soulagement.

– Oh, désolée, je pensais juste que j'étais enfermée…

– Mais non. Je savais que tu étais là. Pas besoin de paniquer, m'a-t-elle dit sèchement.

– Désolée.

Un peu gênée, je suis sortie d'un pas rapide. Pas question que je remette les pieds ici avant longtemps.

– Attends ! Je dois vérifier ton sac.

Levant les yeux au ciel, je me suis tournée vers la bibliothécaire et j'ai ouvert mon sac. Elle a bien pris soin de vérifier chaque section, chaque pochette pour s'assurer que je n'avais rien volé. Je ne sais pas comment j'aurais pu faire ça, sachant que j'avais été enfermée dans une minuscule pièce toute la soirée. Au bout de quelques minutes, elle m'a finalement laissée partir.

Je me suis dépêchée de marcher jusqu'à ma voiture. Après tout ce que je venais de lire, je ne voulais pas me retrouver seule dans un parking vide, dans le noir. Aussitôt entrée dans ma voiture, j'ai verrouillé les portières. Sans attendre une seconde, j'ai démarré le moteur et je suis partie en direction de chez moi.

J'avais envie d'aller chez Felix, mais je savais que mes parents dormaient probablement à cette heure et qu'ils seraient trop inquiets de ne pas me trouver à la maison à leur réveil. Je n'étais pas très présente ces temps-ci, mais la moindre des choses était de ne pas les tourmenter. Disons qu'ils avaient déjà eu leur lot d'inquiétudes avec moi.

Les quarante-cinq minutes de trajet jusqu'à la maison ont passé très rapidement parce que j'étais complètement perdue dans mes pensées. Je songeais sans cesse à toutes ces jeunes filles mortes.

Après tout, des gens meurent chaque jour. C'est triste, mais c'est le cycle de la vie. Alors, pourquoi est-ce que j'étais aussi tourmentée par cette histoire ?

Sur chacun des avis de décès, il était indiqué que la mort avait été accidentelle. Ça aurait dû être assez pour me convaincre d'arrêter d'y penser, puisqu'il arrive des accidents chaque jour et que personne ne peut rien y faire. Le problème, c'est que chacun des décès était survenu environ à la même période de l'année, soit en octobre. Je sais bien que les gens ne choisissent pas la date de leur mort, mais il me semblait illogique que ces décès soient tous survenus au cours du même mois ou presque, dans la même ville.

Et que les filles avaient toutes dix-sept ans.

J'essayais encore de me convaincre que je m'imaginais des choses, mais un fait restait :

Murielle était la première d'une longue série de décès accidentels. Je n'avais aucune manière d'en être certaine, mais quelque chose me disait, au fond de moi-même, que ces morts étaient toutes liées. Ce que je ne savais pas, c'était si Murielle était responsable des autres morts. Après tout, un décès par noyade doit être horriblement douloureux ; il aurait été normal que Murielle n'accepte pas sa mort et qu'elle décide de rester sous forme d'esprit. Sauf que je ne l'avais jamais vue dans l'école. Se pouvait-il qu'il y ait une entité encore plus malveillante qui avait orchestré sa mort et celle des autres filles ?

Je ne savais toujours pas si c'était Murielle ou Nadine qui avait été l'amie de la grand-mère de Clara. Est-ce que tout cela était vraiment important, au fond ? J'avais quelque chose de beaucoup plus grave sous les mains, là...

Absolument rien, dans cette histoire, n'avait de sens à mes yeux.

Quand je suis arrivée, j'ai garé ma voiture dans la rue, coupé le moteur et ramassé mon sac, prête à rentrer chez moi après une longue journée. Étonnamment, la maison n'était pas plongée dans le noir comme je m'y attendais. Je pouvais voir la lumière de la cuisine par la fenêtre de la porte d'entrée. C'était bizarre, parce que mes parents ont l'habitude de se coucher très tôt. Qu'est-ce qu'ils faisaient encore debout à cette heure ? C'est là que j'ai entendu un éclat de rire.

C'était ma mère.

Étonnée, je suis entrée dans la maison. Je n'avais pas entendu ma mère rire depuis très longtemps et je voulais savoir ce qui se passait.

– C'est moi, je suis rentrée !

J'ai refermé la porte derrière moi, je me suis débarrassée de mon sac et de mes chaussures, puis je suis entrée dans le salon. Mes parents étaient bien là, installés sur le canapé avec une bouteille de champagne ouverte sur la table devant eux.

– Est-ce que je suis censée savoir ce qu'on célèbre ? leur ai-je demandé en haussant les sourcils.

Mes parents n'avaient pas l'habitude de boire du champagne, encore moins au milieu de la semaine comme ça. Ma mère s'est levée et m'a serrée dans ses bras, une autre chose qu'elle n'avait pas l'habitude de faire. Je suis restée figée, un peu surprise.

– Oh, Elsie, nous avons eu de très bonnes nouvelles aujourd'hui ! Tu veux lui dire, Tim ?

Je me suis tournée vers mon père.

– J'ai eu un suivi médical aujourd'hui et tout porte à croire que je n'aurai plus besoin de mes béquilles dès la semaine prochaine. Je n'ai gardé aucune autre séquelle de l'incident et je pourrai reprendre mes activités normales, c'est-à-dire conduire et travailler.

J'ai poussé un long soupir de soulagement. Évidemment, le plus important était que mon père soit en vie, mais j'étais apaisée de savoir qu'il ne garderait aucune séquelle de ce sombre jour où j'avais libéré un esprit qui avait bien failli le tuer.

– Je suis vraiment contente, papa.

J'ai hésité quelques instants avant de poursuivre.

– Je me sentais déjà assez coupable comme ça…

– Elsie, arrête ! Tu sais très bien que je ne t'en ai jamais voulu.

J'ai regardé mes parents en souriant faiblement. Bien sûr qu'ils allaient dire ça.

– Il n'empêche que tout ça, c'était ma faute. Je suis vraiment désolée de vous avoir mêlés à toute cette histoire.

J'ai baissé la tête. Je n'arrivais plus à regarder mes parents dans les yeux. C'était la première fois que nous avions une discussion à ce sujet. Ma mère m'a de nouveau serrée dans ses bras. Cette fois-ci, je l'ai serrée aussi.

– Tu sais, Elsie, je t'en ai longtemps voulu. Je t'en ai voulu de ne pas m'avoir assez fait confiance pour venir m'en parler avant que ça dérape, de t'être confiée à quelqu'un d'autre que moi. Je t'en ai voulu d'avoir fait subir toutes ces choses difficiles à ton père et d'avoir détruit notre maison. Je t'en ai surtout voulu de ne jamais m'avoir raconté ce qui s'était réellement passé le jour de l'incendie. Mais j'ai réalisé qu'au fond, l'important, c'est que nous soyons encore tous les trois ensemble. Tu vas bien, ton père va bien et c'est un nouveau départ pour nous tous.

J'arrivais à peine à retenir mes larmes. Je n'avais jamais vraiment eu de conversation si personnelle avec ma mère.

– Tu sais qu'on est là pour toi, hein ? S'il y a quoi que ce soit, n'hésite jamais à venir nous voir. Je n'ai jamais été la mère la plus présente, je sais, et je m'en veux. Peut-être que si j'avais été là pour toi, tu serais venue me voir et on aurait pu régler tout ça avant que ça dégénère… Mais j'ai eu ma leçon. Plus de secrets, d'accord ? m'a dit ma mère avec un sourire, tenant toujours mes mains dans les siennes.

J'ai hoché la tête. Je savais que si je disais quoi que ce soit, j'allais éclater en sanglots et je ne le voulais pas.

Mon père m'a fait signe de venir m'asseoir sur le sofa avec lui. Je suis allée le rejoindre, et il m'a lui aussi serrée contre lui.

– Tu sais, Elsie, nous sommes au courant que ça n'a pas dû être facile pour toi, mais nous sommes vraiment impressionnés par ton courage et ta volonté d'aller mieux. Depuis tes rencontres avec ta psychologue et ton retour à l'école, tu es redevenue la Elsie que nous connaissons. Nous sommes fiers de toi. Après tout ce que tu as vécu, c'est impressionnant de voir à quel point tu as travaillé fort pour te remettre sur pied.

J'ai regardé mon père et je lui ai souri. Je savais que tout ce qu'il me disait venait du fond du cœur, mais je commençais à ressentir un énorme malaise. Je devais mettre fin à cette conversation.

– Merci, papa. J'ai de la chance de vous avoir, maman et toi.

Je me suis lentement levée du sofa.

– Bon, ben... j'ai un gros examen dans quelques jours et je dois étudier. Bonne nuit.

Je n'ai pas attendu leur réponse avant de leur tourner le dos pour quitter le salon. En montant l'escalier, j'essayais encore de retenir mes larmes parce que je me sentais très mal. J'avais beau ne pas être proche de mes parents, je savais que j'avais causé ce changement radical dans leur vie et que j'avais gâché leur rêve de prendre leur retraite avant l'heure. Malgré tout, ils avaient réussi à me pardonner et même à être fiers de moi.

J'ai senti un frisson me parcourir le corps. J'avais l'impression d'être tellement, tellement ingrate envers mon père et ma mère. Eux étaient là à me soutenir et à s'assurer que j'allais bien, même après tout ce que je leur avais fait vivre.

Et comment je les remerciais ? En me mêlant de nouveau de ce qui ne me regardait pas. En sautant à pieds joints dans une autre histoire d'entité potentiellement malveillante. Je savais très bien ce qui pouvait arriver quand on touchait de trop près à l'au-delà. Je croyais que j'avais appris ma leçon, mais il semblait que non. J'en savais déjà trop. Si je continuais à faire des recherches, j'allais finir par aller trop loin, comme au printemps.

Paniquée, j'ai déchiré les articles de journaux en deux et je les ai jetés au fond de mon sac. Peu importe ce qui clochait dans cette histoire, je n'allais pas m'en mêler. Entité malveillante ou non, je n'en avais plus rien à faire. J'allais reprendre ma vie normale et tout irait bien.

Je devais bien cela à mes parents.

Chapitre 12

ASSISE SUR LE siège passager de la voiture de Felix, je regardais le paysage défiler dans la lumière du coucher de soleil. Nous étions en route vers la maison de Clara, qui avait organisé une fête chez elle. Comme sa famille était partie à New York pour quelques jours, elle avait la maison pour elle seule et avait bien l'intention d'en profiter. Je savais qu'elle avait invité beaucoup de monde, une centaine de personnes, autant des gens avec qui nous allions en classe que d'autres de ses amis.

Je n'avais pas trop envie de participer à cette fête, pour être honnête. Nous étions maintenant à la fin du mois d'octobre et il faisait beaucoup plus froid que d'habitude. Il n'y avait pas encore de neige, mais les matins et les soirées étaient d'une froideur intense. Cela dit, je savais que ça allait me changer les idées. Disons qu'avec les évènements des derniers temps, j'avais grandement besoin de penser à autre chose. Felix était bien d'accord avec moi, si bien qu'il avait proposé de m'accompagner. En fait, c'était surtout lui qui m'avait convaincue d'y aller. Perdue dans mes pensées, j'ai sursauté quand j'ai entendu sa voix.

– Ça va ?

J'ai tourné mon regard vers Felix, et j'ai mis ma main sur la sienne.

– Oui, ça va. Juste encore un peu troublée, c'est tout, lui ai-je dit en soupirant.

Felix a retiré sa main de la mienne pour la mettre derrière ma tête de façon à jouer dans mes cheveux. Il avait l'habitude de faire ça pour me calmer lorsqu'il voyait que j'étais tendue. La plupart du temps, ça fonctionnait. Sauf ce soir.

Bien sûr, je lui avais parlé de tout ce que j'avais découvert les derniers jours, depuis que je savais que la fille que j'avais vue dans la forêt était morte. Il était au courant pour Murielle et pour les autres. Je lui avais aussi expliqué que je pensais que ces morts étaient toutes liées et qu'il y avait peut-être une entité malveillante derrière tout ça, même si je n'avais aucune preuve. Je ne pouvais pas lui cacher quelque chose d'aussi grave. Pas à lui.

Au départ, il était vraiment furieux que je ne lui aie pas raconté tout ça plus rapidement, mais sa colère avait vite cédé la place à l'inquiétude. Pour le calmer, je lui avais dit que j'avais pris la décision de ne pas me mêler davantage de cette histoire, mais je n'arrivais pas à contrôler les pensées qui traversaient ma tête.

– Je ne peux juste pas m'empêcher de penser à tout ça, à tout ce que je t'ai dit. J'ai tellement peur que ça recommence... Si je me retrouve encore à devoir faire face à un fantôme malveillant comme Franklin, ça va être ma faute ! lui ai-je dit.

– J'ai surtout l'impression que tu t'imagines le pire... Je comprends que tu sois troublée à cause du fantôme d'Émilie, mais n'oublie pas ce que l'agente Lemieux t'a dit à plusieurs reprises...

– Oui, je sais, qu'il était très possible que je voie des fantômes. Et c'est arrivé.

– Tu en as vu un seul. Un qui ne te veut pas de mal, d'ailleurs.

– Ça n'empêche pas que je pourrais en voir d'autres.

J'ai soupiré de nouveau. Même Felix ne semblait pas comprendre à quel point j'étais effrayée à l'idée de devoir être une autre fois confrontée au paranormal. Tournant ma tête vers lui, j'ai remarqué que ses sourcils étaient froncés et ses mains, crispées sur le volant.

– T'es encore fâché ?

– Quoi ? Non, arrête, Elsie. Ça m'inquiète, c'est tout. Tu penses que ça me fait plaisir de savoir que tu passes tes journées dans un endroit où quelqu'un est mort ? Tu penses que je ne suis pas au courant de ce qui peut arriver dans des situations comme ça ? Je sais ce que tu as vécu. J'étais là, rappelle-toi. Je ne comprends pas, on dirait que tu cherches absolument à trouver du paranormal là où il n'y en a pas. Tu as vu un fantôme, OK. D'autres filles sont mortes, OK. Mais, jusque-là, tu n'as aucune preuve qu'il y a quelque chose de spirituel là-dedans. Pourquoi chercher absolument à avoir des réponses pour quelque chose qui ne te concerne pas ?

– Parce que c'est plus fort que moi ! C'est comme si j'étais un aimant à paranormal… Pourquoi est-ce que je ne suis pas capable de ne pas me mêler de ce qui ne me regarde pas ?

J'ai fermé les yeux et appuyé la tête sur le dossier derrière moi. Au même moment, Felix a garé sa voiture. Nous étions arrivés chez Clara.

– C'est quoi, mon problème, Felix ? Est-ce que tu penses qu'un jour je vais arrêter de penser au pire ? C'est comme si je n'arrivais pas à passer à autre chose. Je pensais vraiment que j'allais mieux.

Je faisais des efforts surhumains pour ne pas me mettre à pleurer. Je ne voulais pas arriver chez

Clara avec les yeux rouges. J'ai inspiré et expiré plusieurs fois pour me calmer.

– Je sais que c'est plus facile à dire qu'à faire, mais, s'il te plaît, Elsie… promets-moi que tu vas arrêter de penser à cette histoire. Tu as été traumatisée, je comprends ça. Mais, là, il faut que tu prennes sur toi. Tu ne peux pas laisser quelques mois gâcher le restant de tes jours, surtout pour des choses dont tu n'as pas le contrôle.

– Je sais que tu as raison. C'est juste difficile de faire comme si de rien n'était et de me dire que je n'aurai jamais de réponses à mes questions.

– Je comprends. Mais, parfois, c'est mieux de ne pas trop en savoir, surtout si c'est pour te faire du mal. « L'ignorance est la condition nécessaire du bonheur », comme dirait un certain auteur.

J'ai souri. J'avais déjà lu cette phrase.

– Je vois que tu écoutes bien tes cours obligatoires. C'est l'auteur Anatole France qui a dit ça, pas vrai ?

– Bien vu ! Alors… t'es d'accord ?

Felix m'a tendu le petit doigt, signe universel pour promettre quelque chose. Je lui ai également tendu le mien, solennellement, et nous avons croisé nos petits doigts ensemble pendant quelques secondes.

Voilà. Je le lui avais promis. Il fallait maintenant que je respecte cette promesse.

Nous nous sommes souri, comme si la conversation précédente n'avait pas eu lieu. Juste avant de sortir de la voiture, Felix a pris mon menton dans ses mains pour m'attirer vers lui et m'embrasser. J'ai fermé les yeux, essayant d'ignorer tout ce qui se passait autour de moi. Je voulais profiter du moment, de lui, et arrêter de me torturer avec des histoires de fantômes. J'avais déjà assez donné.

En ouvrant les yeux, j'ai vu qu'il me regardait d'un air plein de compassion.

– Allez, tu vas voir, ça va être cool ce soir ! Je vais enfin rencontrer tes amis et ça va changer de nos samedis soirs à la maison !

Je lui ai fait une moue triste.

– Je croyais que tu aimais passer tout ton temps à regarder *The Office* en mangeant des bonbons avec moi !

Felix a éclaté de rire.

– Allez, viens !

En marchant vers la porte, nous pouvions déjà entendre de la musique jouer à tue-tête et des éclats de voix. J'ai sonné, même si je me doutais qu'on ne nous entendrait pas. Au bout de quelques secondes, je m'apprêtais à tourner la poignée pour entrer quand la porte s'est ouverte brusquement.

C'était Clara, bière à la main. Elle s'est aussitôt jetée sur moi pour me serrer dans ses bras, perdant un peu l'équilibre.

– Hé, Elsie ! Je suis trop contente de te voir !

Reprenant pied, Clara a regardé Felix.

– Si tu savais à quel point j'avais hâte de te rencontrer !

Elle lui a tendu la main, mais, sans attendre qu'il la lui serre en retour, elle s'est empressée de le prendre dans ses bras en rigolant.

J'essayais de ne pas rire, parce qu'il était évident que Clara avait déjà un peu trop bu. Sans consommer quoi que ce soit, cette fille avait une énergie phénoménale, alors il m'était difficile d'imaginer ce que ça pouvait donner après quelques bières.

– Donc, vous pouvez être n'importe où sur cet étage et au sous-sol, mais vous n'avez pas le droit de monter les escaliers pour aller vers les chambres ! Il y a une salle de bain ici, une autre au sous-sol. Il y a de la nourriture et des trucs à boire dans la cuisine, faites comme chez vous. À tout à l'heure ! nous a dit Clara avant de repartir en dansant vers le salon.

En prenant la main de Felix, je lui ai emboîté le pas. Je regardais partout autour de moi. Je reconnaissais quelques visages que j'avais vus dans mes cours ou à l'école, mais la plupart d'entre eux m'étaient inconnus. La maison de Clara était immense, mais elle était déjà bien remplie. Après avoir salué Juliette, Mégane et les quelques autres personnes que je connaissais et les avoir présentées à Felix, je me suis dirigée vers la cuisine pour voir ce qu'il y avait à manger. Je savais que je n'allais pas boire d'alcool. La dernière fois que je l'avais fait, j'avais tellement exagéré que j'avais passé la nuit à vomir. J'avais encore le goût amer de la vodka qui me remontait dans la gorge chaque fois que j'y pensais et c'était assez pour me décourager de boire quoi que ce soit. De toute façon, comme Felix conduisait, il n'avait pas le droit de prendre une goutte d'alcool. J'allais donc le soutenir en buvant des cocktails *virgin*.

Rapidement, j'ai versé du 7-up et de la grenadine dans deux verres et j'en ai offert un à Felix. Je détestais la sensation de perte de contrôle associée à l'alcool, mais j'aimais tenir quelque chose dans mes mains. Ça aurait le mérite de m'occuper ce soir.

Vers 23 h 30, Felix et moi étions prêts à quitter la fête pour rentrer chez lui. Les gens commençaient à avoir bu trop d'alcool et je n'avais pas envie de rester plus longtemps. Ça avait été une belle soirée, mais je voulais retrouver mon pyjama et mes séries télé. Tranquillement, je disais au revoir à tout le monde, me promenant un peu partout dans la maison pour m'assurer de n'oublier personne. À cause de la musique, je n'avais pu avoir de vraies discussions avec qui que ce soit, mais je m'étais surprise à me rapprocher de certaines personnes qui étaient dans les mêmes cours que moi. Je pouvais même dire que j'avais eu du plaisir.

Le plus important, c'est que j'avais réussi à éviter de penser au paranormal pendant toute la soirée. Et ça, ça valait de l'or.

J'avais dit au revoir à tout le monde sauf à Clara. Nous étions dans sa maison, donc il était certain qu'elle n'avait pas pu partir.

– Est-ce que t'as vu Clara ? ai-je demandé à Élina, une fille qui était dans mon cours de marketing.

Elle a hoché la tête en signe de négation.

– Elle n'est pas ici, en tout cas. Elle est peut-être en haut ?

– Ouais, je vais aller voir !

J'ai monté l'escalier menant à l'étage. Je savais que personne n'était censé y aller, mais je tenais absolument à la trouver avant de partir. À mesure que je montais, la musique devenait moins forte.

– Clara ? T'es ici ?

Je préférais l'appeler à voix haute plutôt que de m'aventurer dans une des nombreuses pièces. Je voulais éviter de peut-être surprendre Clara dans une situation embarrassante. Comme elle n'a pas répondu à mon appel, j'ai commencé à vérifier chacune des huit portes du corridor, en frappant avant pour m'assurer de ne pas tomber sur quelque chose que je ne devrais pas voir.

En frappant à la dernière porte, j'ai cru entendre un bruit étouffé. Elle devait être là.

– Clara, t'es là ?

Après avoir attendu quelques secondes, j'ai ouvert la porte doucement, en regardant à l'intérieur. C'est là que j'ai aperçu Clara, à genoux. Elle se tenait la gorge et avait l'air de chercher son souffle. Son corps entier était couvert de plaques rouges. J'ai tout de suite compris qu'elle était en train de faire une réaction allergique.

J'ai hurlé.

– À L'AIDE ! APPELEZ L'AMBULANCE !

Je me suis précipitée vers elle, ne sachant pas trop quoi faire. J'avais suivi un cours de premiers soins quelques années auparavant, mais c'était comme si j'avais tout oublié. J'étais tellement paniquée que je n'arrivais plus à réfléchir correctement.

– OK, relaxe, Clara, on va appeler une ambulance, OK ? Je vais rester avec toi !

Je me suis mise à toucher chacune des poches de mon jean. Évidemment, je n'avais pas mon téléphone avec moi. Je ne savais pas si on avait entendu mon appel à l'aide et je ne pouvais pas prendre de risques.

– Clara, il faut que j'appelle une ambulance. Je reviens vite, OK ?

Clara m'a alors attrapée par le bras et a agité son autre main dans un mouvement de haut en bas vers sa cuisse. Son Épipen !

Affolée, j'ai regardé partout dans la chambre de Clara. Je ne voyais son sac nulle part. Je bougeais tout autour de moi, espérant le trouver sous un coussin ou caché par des vêtements, mais rien. Je savais que chaque seconde comptait et qu'il fallait autant trouver son Épipen qu'appeler une ambulance.

– Je vais le trouver, attends-moi, OK ?

Je suis sortie de la chambre à toute vitesse et j'ai couru dans le corridor pour descendre l'escalier. Alors que j'arrivais en bas, j'ai croisé Mégane, qui avait cru entendre un cri et qui avait décidé de venir voir d'où ça venait. À bout de souffle, je lui ai rapidement expliqué la situation.

– C'est Clara. Elle fait une réaction allergique. Il faut appeler une ambulance. Trouver son Épipen.

Devant ma panique, Mégane a aussitôt ouvert son téléphone et composé le 911. Elle m'a donné son téléphone.

– Je vais trouver un Épipen, OK ? Reste avec elle, ne la laisse pas toute seule !

J'ai remonté les marches le plus vite possible et je suis retournée à la chambre de Clara en attendant que la connexion se fasse avec le 911. Téléphone sur l'oreille, j'ai essayé du mieux que je pouvais de l'aider à se relever et de l'amener vers l'escalier pour faciliter le travail des ambulanciers. Nous étions à peine dans le corridor que j'ai enfin eu la ligne.

– 911, quelle est votre urgence ?

– Mon amie fait une crise d'allergie, je pense. Elle n'arrive plus à respirer et son corps est rempli de plaques rouges. On cherche son Épipen, mais on ne le trouve pas.

– OK. Reste en ligne avec moi, j'envoie une ambulance tout de suite. Quelle est l'adresse ?

– 715 rue Desjardins, à Clarmont. Qu'est-ce que je fais ? Elle n'arrive plus à respirer et elle est en train de devenir bleue…

Après ce qui m'a semblé une éternité, Mégane est arrivée en courant, Épipen en main. J'ai mis le téléphone sur le mode haut-parleur, puis j'ai ouvert le bouchon de sécurité de l'Épipen.

– OK, j'en ai un ! Qu'est-ce que je fais maintenant ?

– Tu vas lui enfoncer le côté orange dans la cuisse, fermement, jusqu'à ce que tu entendes un clic.

Sans une seconde d'hésitation, j'ai tourné Clara sur le dos et j'ai enfoncé l'Épipen dans sa cuisse.

Absolument rien ne s'est produit. Effarée, j'ai vérifié si l'Épipen était expiré, mais, au même moment, j'ai senti Clara se détendre un peu. Sa respiration a semblé revenir à la normale. J'ai soupiré de soulagement.

– Je pense que ça a fonctionné.

Cette fois, c'est moi qui arrivais à peine à respirer, tellement j'avais eu peur. Il ne s'était écoulé que quelques minutes entre le moment où j'avais découvert Clara et l'appel au 911, mais ça m'avait paru interminable. Au même moment, j'ai entendu la sirène de l'ambulance. Dans le feu de l'action, je n'avais pas remarqué que la musique s'était arrêtée. La maison était entièrement silencieuse, même si presque tous les invités de Clara étaient montés à l'étage pour voir ce qui se passait. En état de choc, j'ai senti toute mon énergie quitter mon corps et je me suis écroulée par terre. Je cherchais Felix du regard, sans le voir. J'étais trop faible pour me lever et essayer de le trouver. Je l'ai finalement aperçu alors qu'il était en train de faire un chemin parmi les gens pour que les ambulanciers puissent passer.

Rapidement, ceux-ci se sont occupés de Clara. Par précaution, ils ont décidé de l'amener à l'hôpital pour lui faire passer des tests, comme c'est toujours le cas lors d'un choc anaphylactique. En redescendant avec la civière, l'un des ambulanciers a dit à tous les jeunes de rentrer chez eux et d'appeler des taxis s'ils n'étaient pas en état de conduire. Felix a aussi proposé de ramener certaines personnes chez elles. J'ai proposé à Clara de l'accompagner à l'hôpital, mais sa voisine a décidé de la suivre. Je lui ai promis que j'irais la voir le lendemain.

Une fois que tout le monde a été parti, Juliette, Mégane et moi sommes restées chez Clara pour faire un peu de ménage. Nous avons ramassé les bouteilles vides, rangé la cuisine et passé l'aspirateur. Au moins, lors de son retour et de celui de ses parents, la maison n'aurait pas l'air d'un dépotoir.

Lorsque Felix est revenu me chercher, la maison de mon amie était dans un bien meilleur état. Nous avons fermé la porte avec la clé que Clara nous avait laissée, puis nous sommes partis.

J'avais respecté ma promesse : je n'avais pas pensé de la soirée au fantôme d'Émilie et aux autres filles mortes… Mais je ne pouvais m'empêcher de songer à ce qui serait arrivé si je n'avais pas cherché Clara.

Elle serait très certainement morte.

Chapitre 13

EN GARANT MA voiture dans le parking de l'hôpital, je n'arrivais pas à penser à autre chose qu'à ma propre hospitalisation. La dernière fois que j'étais venue ici, j'étais particulièrement mal en point. J'avais tellement détesté mon séjour dans cet hôpital, sans compter le nombre de fois où j'avais dû y revenir pour voir mon père, que je m'étais promis de ne plus y remettre les pieds avant très longtemps.

Pourtant, cette fois-ci, j'y étais pour Clara. Nous étions dimanche matin ; les visites commenceraient uniquement dans quinze minutes, mais je voulais y être le plus tôt possible. J'avais tellement eu peur pour elle que je ne me voyais pas attendre de ses nouvelles patiemment. Elle m'avait écrit, tard dans la nuit, pour me remercier de lui avoir sauvé la vie. Sa famille avait quitté New York pour rentrer à Clarmont. Ce qui fait que Clara avait passé la nuit toute seule. Même si je savais qu'elle allait bien, c'était la moindre des choses que j'aille lui tenir compagnie quelques heures.

J'ai demandé à la réceptionniste le numéro de la chambre de Clara, lui disant qu'elle m'avait demandé de venir. Elle me l'a aussitôt donné ainsi que les indications pour m'y rendre. J'ai pris l'ascenseur jusqu'au quatrième étage et, en quelques instants, j'avais trouvé la chambre de Clara.

La porte n'était pas fermée, mais j'ai tout de même frappé avant de passer ma tête dans l'ouverture. J'ai vu le regard de Clara s'illuminer.

– Oh, Elsie ! Viens, entre ! S'il te plaît, dis-moi que tu restes pour au moins une heure ! Le temps est tellement long ici !

– C'est justement pour ça que je suis venue te rendre visite ! Je peux m'asseoir ?

Je me suis assise sur le bord de son lit. Même si elle était très pâle, elle semblait bien aller. Aussi bien qu'une personne ayant fait une crise d'allergie qui aurait pu être mortelle, en fait. Elle n'avait pas retrouvé son entrain habituel, mais j'imagine qu'en plus de ce qui lui était arrivé, elle n'avait pas dû très bien dormir toute seule à l'hôpital.

Les premières minutes, la conversation coulait bien. Nous parlions de tout et de rien, autant de la soirée de la veille que de nos amis ou de la météo.

Rapidement, en revanche, un lourd silence s'est installé. D'habitude, c'était toujours Clara qui menait la conversation, ce qui me permettait de juste suivre ce qu'elle disait. Je fouillais mon cerveau pour trouver quelque chose à dire. Le silence me rendait mal à l'aise. C'est Clara qui l'a brisé.

– T'es vraiment gentille d'être venue, en tout cas.

– Franchement ! Bien sûr que j'allais venir. C'est la moindre des choses.

– Disons que ça me change les idées d'ici à ce que mes parents arrivent et…

Un autre silence. Je ne savais pas si je devais la questionner sur son état de santé. Elle avait l'air d'aller mieux, mais est-ce que c'était trop personnel ? Peut-être qu'elle ne souhaitait pas parler de ce qui lui était arrivé la veille, justement. Elle comptait probablement sur moi pour lui changer les idées. J'avais envie d'être là pour elle, mais je ne savais tellement pas quoi dire ! Je me sentais impuissante. Quel genre d'amie est-ce que j'étais, incapable de la distraire ? J'ai levé les yeux vers elle. Clara regardait sa couverture, jouant nerveusement avec ses mains. Tant pis, j'allais me lancer. Je n'étais plus capable de supporter ce silence et je n'en pouvais plus des conversations futiles.

– Et… comment tu vas, ce matin ? Sincèrement.

Clara a aussitôt redressé la tête et m'a souri faiblement.

– Physiquement, ça va. On m'a fait passer plein de tests, cette nuit, pour s'assurer que tout allait bien, et on m'a affirmé que je n'aurais pas de séquelles. J'ai eu de la chance, on m'a injecté de l'épinéphrine assez rapidement pour que ça ne dégénère pas. De ce côté-là, ça va. Mais c'est plutôt mentalement que c'est difficile.

– Qu'est-ce que tu veux dire ?

Clara est restée silencieuse un moment.

– C'est paniquant, tu sais. Tu sens ta gorge se serrer tellement fort que ta respiration en est coupée. Tu cherches ton air, sans être capable de le trouver. Et ça, c'est sans compter les démangeaisons, le mal de tête intense et les étourdissements. Au moment où tu es arrivée, je commençais vraiment à être confuse. C'est graduel, mais dans mon cas ça a été tellement vite que je n'ai presque pas eu le temps de réagir. J'étais tellement en manque d'oxygène que je n'arrivais plus à penser correctement. Ce n'est pas la première crise que je fais, mais c'est la première fois que c'est aussi intense. Heureusement que tu es arrivée, d'ailleurs. Si Mégane n'avait pas trouvé mon Épipen, je serais morte.

– Mais qu'est-ce qui est arrivé, en fait ? Tu es allergique à quoi ? lui ai-je demandé.

– Aux noix. Je le sais depuis que je suis toute petite. En général, je sais bien comment éviter les contaminants, mais...

Clara s'est tue de nouveau, comme si elle voulait s'empêcher de parler. De mon côté, je ne comprenais pas comment ça avait pu arriver. Après tout, si son allergie était mortelle, pourquoi y avait-il des produits à base de noix chez elle ?

– Mais comment as-tu été en contact avec des noix ?

Clara a relevé les yeux vers moi. Ils étaient pleins d'eau et ses lèvres tremblaient. On aurait dit qu'elle se retenait de pleurer. Je me suis rapprochée d'elle et j'ai mis mon bras autour de ses épaules.

– Ben... je sais que quelqu'un avait apporté un bol de bonbons d'Halloween.

– Oh, t'as mangé quelque chose qui contenait des noix sans le savoir ?

Je voyais qu'il était très difficile pour Clara de parler. Elle pinçait ses lèvres très fort et fermait les yeux. Je l'ai serrée un peu plus dans mes bras, comme pour lui signifier que j'étais là et qu'elle pouvait prendre son temps.

– Pas par accident, non.

– Qu'est-ce que tu veux dire ?

– Ben... j'ai pris une tablette de chocolat et je l'ai mangée, même si je savais qu'elle contenait des noix.

– Quoi ? Mais pourquoi t'as fait ça ?

En gardant mon bras autour de ses épaules, je me suis tournée de façon à être face à elle. Qu'est-ce qu'elle était en train de me dire, là ? Est-ce qu'elle avait essayé de... ?

– Clara, ne me dis pas que t'as fait ça... pour te faire du mal ?

Clara a vigoureusement secoué la tête de gauche à droite.

– Non, ce n'est pas ça. C'est que... on m'a comme forcée à la manger.

Là, je me suis mise en mode panique. Quelqu'un avait forcé Clara à manger quelque chose contre son gré ?

– Mais, Clara, qui t'a forcée ? C'est grave, tu aurais pu mourir ! Tu l'as dit à quelqu'un ? Tu veux qu'on fasse une déposition à la police ? Qui t'a forcée à faire ça ?

Là, c'était moi qui avais les larmes aux yeux. Clara, si gentille, douce et pétillante. Qui aurait bien pu lui vouloir du mal ? D'une façon aussi morbide, en plus ? Mourir d'un choc anaphylactique doit être horrible.

Maintenant, Clara pleurait pour de vrai. J'avais envie de me lever et d'appuyer sur le bouton pour appeler l'infirmière et tout lui raconter, mais je ne pouvais pas brusquer Clara. La pauvre, je comprenais pourquoi elle était si traumatisée ! D'une part faire une crise d'allergie, de l'autre savoir que quelqu'un avait essayé de la tuer ! Je sentais mon sang bouillir à l'intérieur de moi, tant j'étais furieuse.

Clara a finalement repris la parole.

– Elsie… tu te rappelles, il y a quelques jours, quand je t'ai demandé si tu croyais au paranormal ? m'a-t-elle demandé, presque en chuchotant.

Je me suis aussitôt redressée, pas tout à fait certaine d'avoir bien compris sa question. En fait, oui, je l'avais bien comprise. Je n'arrivais juste pas à comprendre le lien qu'elle avait avec notre conversation. Je me suis sentie frissonner, comme chaque fois qu'il était question de cela. C'était plus fort que moi ; ça me rendait mal à l'aise.

– Oui, je me souviens. Pourquoi tu me demandes ça ?

– J'ai besoin de savoir si je suis folle.

Mon amie tremblait dans son lit d'hôpital. Elle avait l'air minuscule dans sa grande blouse, le visage encore plus pâle qu'à mon arrivée. Je l'ai regardée sans un mot.

– Qu'est-ce que tu veux dire ? Pourquoi tu serais folle ?

Clara a pris une longue inspiration.

– Il y a quelques jours, quand tu es venue me déposer chez moi… je t'ai dit que l'amie de ma grand-mère était morte parce qu'elle avait joué au Ouija ?

– Oui ?

– Ben, en fait, je ne t'ai pas tout à fait dit la vérité.

– Comment ça ?

Je devais pratiquement lui arracher les mots de la bouche. Elle n'osait même pas me regarder.

– Quand je t'ai dit que j'avais eu l'impression de trahir ma grand-mère, ce n'est pas juste parce que j'ai assisté au cours avec le Ouija.

J'ai retenu mon souffle.

– C'est parce que je l'ai essayé.

– T'as essayé quoi ? Le Ouija ?

Clara a hoché la tête, les yeux pleins de larmes. J'ai regardé vers le sol, tiraillée entre le désir de ne pas savoir et celui de savoir.

– Où ça ?

– En classe. Après le cours de marketing, je suis restée avec Juliette et Mégane pour l'essayer.

J'ignorais comment réagir face à cette confession. Je supposais que Clara avait besoin de se vider le cœur. Je n'avais pas vraiment envie d'entendre la suite. En fait, j'aurais plutôt voulu partir en courant et faire semblant qu'elle ne m'avait rien dit. Sauf que mon inconscient me criait qu'il y avait quelque chose de plus grave dans son histoire et que je devais connaître le reste.

– Ça s'est passé comment ? lui ai-je demandé.

Je ne voulais pas savoir, mais je devais savoir, en même temps. Malgré la promesse que j'avais faite à

Felix. Malgré la parole que j'avais donnée à l'agente Lemieux, à ma psychologue et à mes parents. Il était trop tard pour reculer dans son histoire.

– Je ne m'en souviens plus trop, en fait. Ni moi, ni Juliette, ni Mégane n'avions utilisé ça auparavant. On a installé la planche par terre, entre nous, et on a demandé s'il y avait quelqu'un.

– Vous n'avez pas fait de prière juste avant ?

– Non, je ne croyais pas que c'était nécessaire…

J'ai mis ma tête dans mes mains, me retenant pour ne pas hurler. Bien évidemment qu'elles n'avaient pas fait de recherches au préalable ! Je me rappelais par cœur les étapes nécessaires pour accomplir une séance de Ouija. Elles étaient imprégnées dans ma mémoire, comme si mon cerveau refusait de me laisser oublier le soir où j'avais fait la plus grosse erreur de ma vie. J'avais fait tellement de recherches sur le sujet afin d'éviter d'attirer les mauvais esprits… Si, avec toutes les précautions que j'avais prises, j'avais tout de même réussi à réveiller Franklin, je n'imaginais pas ce qui pouvait se passer lorsque le jeu était utilisé sans prudence.

– OK, et après ? Qu'est-ce qui s'est passé ?

– Sur le coup, rien. On a dû demander trois ou quatre fois s'il y avait quelqu'un. Quand ça a enfin bougé sur le « oui », on a comme… paniqué.

– Vous avez réussi à parler avec quelqu'un ?

– Je ne crois pas, non. C'était vraiment bizarre, en fait. Le petit truc bougeait tout seul sur la planche. Au départ, ça avait l'air de n'importe quoi, mais en fait ça ressemblait plutôt à une forme de 8 qui se dessinait sur la planche. Et je te jure, les lumières de la classe ont fluctué et se sont éteintes pendant quelques secondes.

« *Si le pointeur de votre Ouija dessine un 8 au centre, qu'il tente de sortir de la table ou qu'il pointe successivement les quatre coins, c'est qu'une entité malveillante cherche à rejoindre notre monde et qu'elle risque de s'accrocher à vous.* » J'avais lu cette information sur l'un des nombreux sites de spiritisme que j'avais consultés au printemps dernier et je ne saurais pas dire pourquoi, mais ça m'avait marquée. Selon les experts, la figure de 8 signifie que l'entité présente est des plus maléfiques. Je n'avais pas eu cela avec Franklin et il avait tout de même réussi à prendre possession de mon père. Est-ce que les filles avaient libéré une entité encore plus malveillante que lui ? Je me suis mise à frissonner.

– Vous avez fait quoi après ? C'est arrivé quand ?

– Quand les lumières se sont rallumées, on a vite remis le jeu dans la boîte et on est parties en courant.

– Vous n'avez pas conclu la séance en disant au revoir ?

– Ben, non, puisqu'on n'a parlé avec personne !

J'ai fermé les yeux en prenant une grande respiration. Mais qu'est-ce qu'elles avaient fait ? !

– Ça nous a fait vraiment peur, Elsie. Mais ce n'est pas tout.

J'ai regardé Clara avec désespoir. Quelle autre gaffe avaient-elles bien pu faire ?

– Depuis qu'on a essayé le Ouija, c'est très bizarre, en fait. C'est comme si…

Je ne l'ai pas laissée finir sa phrase.

– Comme si tu ressentais des choses étranges autour de toi ?

– Oui, c'est ça ! Parfois, j'ai l'impression de sentir une présence près de moi… Tu comprends ce que je veux dire ?

Oui, Clara, un peu trop bien. J'avais un sentiment de déjà-vu.

– Est-ce que ça t'est arrivé plusieurs fois, ce sentiment-là ? lui ai-je demandé.

– Plus ou moins, mais ça arrive surtout quand je suis seule. C'est ça, le truc, en fait, c'est qu'on dirait que je ne suis jamais seule. Qu'il y a toujours quelqu'un d'invisible à mes côtés.

Le visage de mon amie était de plus en plus blême.

– Tu sais, quand je t'ai dit tout à l'heure que c'est comme si on m'avait forcée à manger la barre de chocolat ? C'est exactement ce que j'ai ressenti.

La présence près de moi, je parle. C'est comme si… ce truc… m'avait forcée à la manger. Je sais pertinemment que je suis allergique aux noix, mais j'ai vraiment ressenti une envie irrésistible de la manger. Mais tu sais ce qui est le pire dans tout ça ? C'est que quand j'ai réalisé ce que je venais de faire, j'ai senti ma gorge enfler, alors je suis allée dans ma chambre pour prendre mon Épipen dans mon sac… Sauf que mon sac n'était plus là.

– Tu es certaine que tu l'avais laissé dans ta chambre ?

– Oui, absolument certaine ! Je ne voulais pas prendre le risque que quelqu'un y touche.

Je me sentais devenir très blême, moi aussi. Mon cerveau tournait à cent kilomètres à l'heure. J'essayais de trouver une explication logique à ce que Clara venait de me dire, mais la vérité, c'est qu'il n'y en avait pas. Mes amies avaient réveillé une entité maléfique, peut-être même encore plus dangereuse que celle à laquelle j'avais dû faire face. Et de toute évidence cette entité voulait sa mort.

– S'il te plaît, Elsie, dis-moi que je suis folle. Il ne peut pas réellement y avoir quelque chose près de moi… Penses-tu que je suis possédée ?

Clara avait une toute petite voix. Je voyais bien à quel point elle était effrayée. Probablement qu'elle gardait tout cela en elle depuis quelques semaines et que le dire à voix haute l'avait forcée à regarder la réalité en face.

Je ne pouvais pas lui mentir, mais je ne pouvais pas lui dire la vérité non plus. Si je lui racontais tout ce que je savais, ça allait la faire paniquer encore plus. Je l'ai serrée fort dans mes bras en lui souriant d'un air qui se voulait réconfortant.

– Tu sais, Clara, je comprends que tu puisses te sentir comme ça, mais je pense que tu t'imagines des choses. Madame Lacasse l'a dit : ce n'est qu'un bout de carton commercialisé en grand nombre. Si c'est vendu dans un magasin de jouets pour enfants, c'est qu'il n'y a pas de danger, d'accord ?

– Je croyais que tu m'avais dit que tu croyais aux esprits ?

J'ai fait d'énormes efforts pour ne pas laisser paraître mon découragement. En effet, je lui avais dit que je croyais aux esprits.

– Oui, j'y crois... Mais tu n'as parlé à personne via la planche, tu l'as dit toi-même, ça n'a pas fonctionné. Et puis... tu avais beaucoup bu, hier.

Clara m'a tout d'abord regardée d'un air furieux, comme si elle n'aimait pas me voir insinuer que tout ça était arrivé à cause de l'alcool, puis elle a soupiré.

– C'est vrai, j'ai exagéré, hier. D'habitude, j'arrive à me gérer plus que ça.

Elle a soupiré de nouveau.

– T'as raison, au fond. J'ai toujours eu une imagination trop fertile et il faut que je me calme.

J'étais contente que Clara le prenne comme ça. Je détestais entendre dire que j'avais trop d'imagination, mais, là, je n'avais pas d'autre choix que de la rassurer. Je ne voulais pas qu'elle s'inquiète avec tout ça. Pas d'ici à ce que je sois en mesure de trouver une solution.

Au même moment, la famille de Clara est arrivée. Son père, sa mère, sa grand-mère, ses trois petits frères et ses deux petites sœurs. Après lui avoir dit au revoir, je suis sortie de la chambre en silence.

Pour être franche, je regrettais beaucoup d'être allée la voir. Je le regrettais parce que je savais qu'il était maintenant trop tard pour reculer et que je ne pourrais plus tenir la promesse que j'avais faite à Felix, à mes parents, à ma psychologue et à l'agente Lemieux.

Je devais aider mes amies.

Chapitre 14

JE NE PARVENAIS pas à penser à autre chose qu'à ma rencontre avec Clara. Je regrettais toujours d'être allée la voir. Ses parents étant arrivés, j'avais décidé de partir pour les laisser en famille. Sa mère avait l'air très reconnaissante de ma présence. Elle m'avait remerciée à plusieurs reprises d'avoir été là pour sa fille au moment critique.

Il était à peine 11 h du matin et j'étais déjà rentrée chez moi, mais j'étais complètement désemparée. Je n'arrivais à me concentrer sur rien. J'avais essayé de faire un travail de six pages pour mon cours de philosophie, de finir mes lectures obligatoires pour le cours de français, de parler avec mes parents ou encore de faire défiler mon fil Instagram, rien n'y faisait. Chaque fois que je croyais être en mesure de penser à autre chose, mon cerveau retournait à Clara. Bien sûr, j'avais raconté à mes parents ce qui était arrivé la veille, si bien qu'à mon arrivée à la maison, ils s'étaient précipités sur moi pour prendre des nouvelles de Clara. Je leur avais simplement dit qu'elle allait bien et qu'elle pourrait bientôt retourner chez elle, sans aucune séquelle.

Du moins, aucune séquelle de son choc anaphylactique.

Comme je n'arrivais à rien faire, je me suis couchée sur mon lit. En regardant le plafond, je me répétais sans arrêt la phrase que Clara m'avait dite : « C'est comme si on m'avait forcée à manger cette tablette de chocolat. »

Notre conversation m'avait vraiment effrayée, parce que je savais qu'une entité qui est capable de forcer une personne à faire quelque chose est extrêmement puissante. J'étais également inquiète pour Juliette et Mégane, qui avaient elles aussi utilisé la planche de Ouija. Je venais de réaliser que je n'avais pas demandé à Clara si elles avaient éprouvé, comme elle, des choses bizarres. Est-ce qu'elles avaient frôlé la mort sans le savoir, ou est-ce que ça risquait d'arriver sous peu ? Je ne pouvais pas les suivre vingt-quatre heures sur vingt-quatre sans les alerter, c'était impossible. Il m'avait fallu tout mon courage pour ne pas dévoiler tout ce que je savais à Clara.

Même si je n'en avais aucune preuve, j'étais de plus en plus certaine qu'il y avait un lien entre les accidents de toutes les jeunes filles décédées depuis 1970. Si je n'avais pas trouvé Clara à temps, elle serait probablement morte, et ça aurait aussi été classé comme un accident. C'était épouvantable de savoir que tout pouvait se passer si vite, que la vie ne tenait qu'à un fil.

Si l'entité vraisemblablement présente dans mon école avait réussi à tuer dix jeunes filles depuis 1970, quand allait-elle s'arrêter ? Pourquoi avait-elle commencé avec Murielle sans jamais s'arrêter par la suite ? Que voulait-elle exactement ? Qui était-ce ? Avait-elle toujours été réveillée, ou l'était-elle du fait que Clara, Juliette et Mégane étaient entrées en contact avec elle ? Était-ce réellement avec cette entité qu'elles avaient parlé, ou avec quelqu'un d'autre ?

J'avais tellement de questions sans réponses. Le pire, c'était de ne pas savoir où chercher pour trouver ces réponses.

Je me suis mise à sangloter. Pourquoi ce genre de chose m'arrivait-il encore ? Allais-je un jour avoir une pause, ou bien devoir vivre constamment dans la peur des entités et des fantômes ? Je croyais avoir pris toutes les précautions nécessaires pour que ça n'arrive plus, mais je m'étais mêlée de ce qui ne me regardait pas. Je n'avais que dix-sept ans ; c'était normal que je fasse des erreurs… Mais allais-je vraiment devoir vivre avec les conséquences de mes erreurs pour le restant de mes jours ?

Je pleurais de plus en plus fort. Mais qu'est-ce que j'allais bien pouvoir faire ?

Je ne sais pas quand je me suis endormie, mais je me suis réveillée vers 17 h 30, mon téléphone dans les mains. Comme j'avais dormi dans une drôle de position, je ressentais une tension désagréable dans mon cou. En me relevant doucement, j'ai bougé mon cou de gauche à droite avec de petits mouvements circulaires pour tenter de calmer ma douleur. On dit parfois que la nuit porte conseil, mais ce n'était pas mon cas. J'avais dormi près de six heures, ce qui s'apparentait pas mal à une nuit entière pour moi, mais j'étais toujours aussi perdue. Parce que j'avais pleuré, j'avais les yeux bouffis. Encore à moitié dans les vapes, je me suis levée tranquillement pour aller à la salle de bain. La maison étant très silencieuse, j'ai tendu l'oreille pour voir si j'entendais quelque chose indiquant la présence de mes parents. Je n'avais pas envie qu'ils me voient comme ça. Il n'y avait pas un bruit. Ils devaient être sortis.

J'ai ouvert le robinet et j'ai laissé couler l'eau pour qu'elle soit très froide. Puis j'en ai aspergé mon visage, autant pour soulager mes yeux que pour me revigorer un peu. Une fois un peu plus réveillée, j'ai fermé le couvercle de la toilette et je me suis assise dessus pour réfléchir un peu. Je savais très bien que la panique n'aiderait pas les choses.

Maintenant que j'étais totalement alerte, je suis revenue dans ma chambre et me suis assise à mon bureau. J'ai pris une feuille de papier qui traînait ainsi qu'un crayon et je me suis mise à écrire ce que je pensais. J'avais besoin de coucher ce que j'avais dans la tête sur du papier, afin de m'aider à démêler tout ça. Au bout de quelques minutes, j'ai regardé le diagramme que j'avais devant moi.

J'avais trois choix : soit j'aidais mes amies et je me retrouvais encore une fois en contact avec un esprit possiblement malveillant ; soit j'oubliais cette histoire et je laissais mes amies se débrouiller toutes seules ; soit je contactais l'agente Lemieux pour qu'elle gère tout cela comme elle le désirait.

Je me suis frotté les yeux en analysant mes options. Je ne pouvais quand même pas laisser mes amies tomber. Si jamais il leur arrivait quelque chose, je vivrais à jamais avec la culpabilité de n'avoir rien fait alors que je le savais.

Sauf que… si je décidais de les aider, je le faisais en toute connaissance de cause. J'avais eu de la chance, la dernière fois. Ça ne serait peut-être pas le cas cette fois-ci. Je ne voulais pas laisser tomber mes amies, mais je ne voulais pas non plus risquer ma vie.

Maintenant, si je contactais l'agente Lemieux, je devrais tout lui raconter depuis le début. Elle me jugerait probablement inapte à vivre en société. Ça ne serait sans doute pas une mauvaise chose, puisque je semblais incapable de ne pas me mettre les pieds dans le plat, mais je n'avais pas envie d'être internée. Je pensais aussi à mes parents, que j'avais déjà tellement déçus ! Cette fois-ci, je savais que ma mère ne me le pardonnerait pas. Je ne pouvais pas les décevoir de nouveau. Non, il devait bien y avoir une autre solution !

Peut-être que je pourrais appeler Louise. Après tout, elle m'avait été d'une grande aide quelques mois plus tôt. C'est elle qui m'avait fait réaliser la gaffe que j'avais faite en tentant de contacter Francine dans ma maison, là où Franklin avait tué ses enfants avant de se suicider. C'est elle qui m'avait aidée à trouver des solutions à mon problème. Elle avait été là dans l'un des pires moments de ma vie. Elle saurait certainement quoi me dire encore aujourd'hui. J'ai ouvert mon téléphone et cliqué sur ma liste de contacts. Son numéro y était toujours enregistré, et je n'étais qu'à un seul clic de lui parler.

J'ai reposé mon téléphone en appuyant sur le bouton pour fermer l'écran. Non, je n'allais pas appeler Louise. Elle m'avait bien dit qu'elle aurait besoin de temps pour se remettre de ce que je lui avais fait vivre et je devais respecter ses désirs. Il aurait été très égoïste de ma part de l'impliquer encore une fois dans une histoire comme celle-là.

Sans trop réfléchir, j'ai ouvert le premier tiroir de mon bureau. C'est là que j'avais rangé la lettre que Louise m'avait donnée avant son départ. Je l'ai dépliée pour la relire.

Très chère Elsie,

Tu comprendras un jour pourquoi je suis partie aussi vite. J'espère que tu ne m'en voudras pas. Je souhaite te revoir un jour, seulement je crois que nous avons toutes les deux besoin d'un peu de temps…

Tu as été sans aucun doute très importante dans la vie de ma sœur.

Sache que les affaires de ma sœur sont en ordre : à tes parents et à toi de voir ce que vous voulez en faire, en temps et lieu.

Je te laisse ici la clé de sa maison : elle te sera probablement plus utile qu'à moi.

Louise.

C'est vrai. La clé de la maison de Francine. Je n'y étais toujours pas allée depuis le départ de

Louise. À vrai dire, j'évitais mon ancien quartier comme la peste, même si Felix ne vivait pas très loin de là. Je préférais faire un détour que de passer près de la rue de mon enfance.

J'ai replié la lettre en quatre et je l'ai remise dans mon tiroir. Pour la première fois depuis quelques mois, je ressentais le besoin de me rendre chez Francine. Je crois que j'étais nostalgique du passé, des moments où mes plus gros soucis étaient de savoir si j'allais réussir mon examen de maths. Qu'est-ce que j'aurais donné pour être de nouveau sereine ! Et dire qu'à l'époque, je croyais que j'étais au bout de ma vie avec mes petits problèmes d'adolescente normale. J'ai regardé autour de moi. Ma nouvelle chambre était pratiquement vide, puisque nous avions tout perdu dans l'incendie. Je n'avais racheté que le nécessaire, évitant de m'encombrer de choses dont je n'avais pas besoin. Je m'étais toujours sentie à l'aise avec ça, mais, ce soir, je me sentais vide. J'avais l'impression de ne plus rien avoir de mon ancienne vie et j'avais vraiment besoin de retrouver mon calme.

Je me suis levée de mon bureau et j'ai attrapé au passage mon sac d'école, qui contenait mon portefeuille et ma clé de voiture, puis je suis sortie de chez moi.

Le seul endroit qui pourrait me rappeler mon ancienne vie, c'était chez Francine. Ça ne m'aiderait peut-être pas à régler mes problèmes du moment, mais ça me ferait peut-être penser à autre chose l'espace d'une soirée.

Chapitre 15

J'ÉTAIS TELLEMENT NERVEUSE que j'ai dû faire le trajet de chez moi à chez Francine en moins de dix minutes, ce qui était assez exceptionnel étant donné que je devais traverser la ville au complet.

Quand je suis arrivée à l'intersection de la rue menant à la maison de Francine, j'ai brusquement arrêté ma voiture sur le côté. Est-ce que j'étais vraiment prête à aller chez elle ? Depuis que Louise m'avait donné la clé, je la gardais dans la boîte à gants de ma voiture. Il m'était facile d'oublier qu'elle était là, mais en même temps je la savais accessible si j'en avais besoin. Par souci environnemental, j'ai arrêté le moteur de ma voiture le temps que je réfléchissais. J'avais décidé de partir chez Francine un peu sur un coup de tête. J'étais consciente que ça ne changerait rien, que même si j'y allais, je n'aurais aucun signe d'elle, puisque son esprit avait terminé sa mission sur Terre… Mais je sentais que je devais m'y rendre. Avant sa mort, sa maison avait toujours été synonyme de réconfort et de bien-être. Chaque fois que je pensais à ma Francine, j'avais immanquablement des souvenirs du temps passé chez elle. Je ne trouverais certainement pas de réponse à mes problèmes ce soir, mais au moins je savais que je serais plus à l'aise que dans notre nouvelle maison, froide et sans aucune personnalité.

Ding!

J'ai regardé mon téléphone et vu que c'était un texto de Felix. En soupirant, j'ai fermé la sonnerie et remis l'appareil dans ma poche. Je lui répondrais plus tard.

Même si je savais que Felix aurait pu m'offrir un grand soutien moral, je préférais ne pas lui dire où je comptais aller ce soir. C'était quelque chose que je devais faire toute seule. Si je le lui avais dit, il aurait voulu m'accompagner, être là pour moi, et je n'aurais pas pu lui dire non. Je me suis promis de lui répondre un peu plus tard. Comme je ne voulais pas avoir de secrets pour lui, je savais que j'allais lui raconter ce que j'avais fait… Plus tard. J'avais juste envie d'être seule pour le moment.

La seule chose qui me faisait peur en ce moment même, c'était de voir ce qu'il restait de mon ancienne maison. J'y avais mis le feu en toute connaissance de cause, mais je ne pouvais pas m'empêcher de ressentir une boule dans l'estomac chaque fois que j'y pensais. C'est là que j'avais grandi, après tout, et l'idée de revoir la rue de mon enfance sans ma maison me faisait mal.

– OK, Elsie, t'as juste à ne pas regarder vers la gauche. Si tu ne vois pas ta maison, tout ira bien.

Me parler à voix haute était une technique que m'avait apprise ma psychologue pour extérioriser mes peurs. Je la trouvais si efficace que j'avais tendance à me parler seule un peu trop souvent. J'ai relancé le moteur de ma voiture et j'ai franchi les quelques mètres me séparant de la maison de Francine, en prenant bien soin de diriger mon regard vers la droite. Après m'être garée, j'ai pris mon sac et ouvert la portière en fermant les yeux.

Ne regarde pas, Elsie. Ne regarde pas.

Évidemment, je n'ai pas pu me retenir. C'est comme si une force trop grande me sommait de regarder. En ouvrant les paupières, j'ai vu un terrain vide. Rien, absolument rien de mon ancienne vie n'était là. Bien sûr, le terrain avait dû être nettoyé des débris restants de la maison, mais on avait aussi coupé tous les arbres. Devant moi s'étendait un immense terrain vide. Une petite affiche en carton, placée bien en évidence sur le muret de brique, indiquait « VENDU » avec le nom d'un courtier immobilier. Mes yeux se sont remplis d'eau. J'ai été prise d'une nostalgie immense, si grande que j'ai dû détourner le regard de ce qui avait jadis été ma maison. Non seulement ce n'était plus chez moi… mais ça allait bientôt être chez quelqu'un d'autre. Une famille, peut-être, qui allait construire sa maison et vivre là où j'avais vécu si longtemps.

En essuyant mes larmes du revers de la main, j'ai plutôt tourné la tête vers la maison de Francine. Malgré les souvenirs qui m'envahissaient, je savais que retourner dans sa demeure était la dernière étape qu'il me fallait pour faire mon deuil.

En insérant la clé dans la serrure, je me suis revue faire ce mouvement si souvent à l'époque où Francine était vivante. La dernière fois que j'étais entrée dans la maison de ma vieille amie, Louise était là. En fait, je ne savais pas dans quel état j'allais la retrouver aujourd'hui. En me quittant quelques mois auparavant, Louise m'avait dit que tout était en ordre et que je pouvais disposer de cette maison comme bon me semblait. Jusqu'à présent, j'avais tenté d'effacer cette phrase de ma mémoire, puisque je voulais tellement passer à autre chose… Mais je réalisais maintenant que j'allais devoir faire face à mon passé une bonne fois pour toutes.

En poussant la porte, j'ai retenu ma respiration. Malgré le grand ménage que Louise avait fait, j'avais l'impression de retrouver la maison de

Francine comme celle-ci l'avait laissée. Tout était propre, naturellement, mais les meubles étaient restés à leur place, ainsi que la majorité de ses affaires. Bien entendu, il y avait un peu de poussière, mais ça ne m'empêchait pas d'apprécier ce que je voyais. Les derniers rayons du soleil réchauffaient la cuisine et le salon, et cette vision me faisait du bien. Pièce par pièce, je me suis mise à marcher dans la maison. Je la connaissais par cœur, mais c'était comme si je la redécouvrais.

Prenant mon courage à deux mains, j'ai emprunté l'escalier pour me rendre à l'étage. Sachant que Francine avait été retrouvée morte dans son lit, je n'avais jamais osé monter depuis son décès. J'avais trop peur des émotions que je pourrais ressentir à la vue de sa chambre. Pourtant, j'avais à présent la force d'y aller.

Quand je suis entrée dans la chambre, j'ai vu une grande boîte en carton posée sur le lit. En m'approchant, j'ai constaté qu'il y était inscrit « Elsie ». Sans attendre une seconde, je l'ai ouverte. J'ai souri, même si des larmes coulaient sur mes joues. Ça, c'était de toute évidence un cadeau de Louise. La boîte contenait toutes les photos qu'elle avait pu trouver. Il y en avait autant de la vie de Francine que d'elle et moi, heureuses. J'ai pris la peine de regarder chaque photo avec une attention particulière, m'imprégnant des souvenirs et des émotions que cela m'apportait. Je me suis promis de trouver une façon de remercier Louise pour cette belle surprise.

Tout en essuyant mes larmes, j'ai refermé la boîte. Malgré le fait que mon nom y était écrit, j'ai décidé de la laisser là. Je pourrais la consulter chaque fois que je viendrais chez Francine. Je ne savais pas si j'allais y revenir souvent, mais je préférais garder ces beaux souvenirs ici.

J'ai quitté la chambre de Francine en refermant la porte derrière moi. Je suis redescendue au salon et me suis assise sur le sofa de Francine, comme je l'avais si souvent fait quand elle était vivante. En souriant, je me suis surprise à espérer recevoir des chips et de la limonade, nos collations préférées depuis notre rencontre.

Confortablement installée, j'ai approché mon sac et sorti les articles que j'avais imprimés à la bibliothèque. Les morceaux d'articles, devrais-je dire. Lorsque je les avais déchirés en deux le soir même, je croyais ne plus en avoir besoin, mais j'ai ressenti le besoin, tout à coup, de les consulter de nouveau. J'ai regardé chaque article, un par un, un peu machinalement, en mettant les deux morceaux de papier l'un au-dessus de l'autre pour être en mesure de le lire. C'était assez morbide, quand on y pense. J'avais devant moi dix articles relatant le décès de jeunes filles du même âge que moi. Je pensais que je n'allais jamais me remettre de tant d'horreur.

Mathilde Clément. Pauline Lambert. Virginie Mercier. Léa Charpentier. Émilie Marchand. Murielle Dupont.

Murielle Dupont.

Oh, mon Dieu !

J'ai senti mon cœur arrêter de battre pendant quelques secondes.

Comment avais-je pu manquer ça ?

L'article datant de 1970 était de bien moins bonne qualité que les plus récents, mais ça ne m'a pas empêchée de remarquer un détail important. Il y avait deux photos. La première était un portrait de Murielle, comme on pouvait s'y attendre. Mais c'est la deuxième photo qui a retenu mon attention, ou plutôt la légende qui l'accompagnait. On y voyait Murielle avec deux autres jeunes filles, souriantes et pleines de vie. Juste en bas de la photo, on pouvait lire :

Murielle Dupont, entourée de ses amies Liliane Gagnon et Christine Lacasse.

Madame Lacasse ?

J'ai secoué la tête. C'était impossible. Je devais faire une erreur. J'ai rapproché l'article de mon visage pour mieux l'examiner. C'était sans l'ombre d'un doute la bonne Christine Lacasse, celle que je voyais deux fois par semaine depuis le mois de septembre. Elle était beaucoup plus jeune, bien sûr, mais ses traits étaient identiques.

Liliane Gagnon.

Gagnon… Comme Clara. Sa grand-mère. La grand-mère qui lui avait interdit de jouer au Ouija parce qu'une de ses amies était décédée en y jouant. C'était bien elle.

Concentrée, j'ai lu au complet l'article qui relatait la mort de Murielle. Trop pressée de savoir de quelle façon elle était décédée, je n'avais même pas pris la peine de le faire avant.

> *Murielle Dupont a été retrouvée gisant dans le fond de la piscine du Collège Clarmont, inanimée, lors d'une soirée clandestine. Plusieurs étudiants s'étaient introduits par effraction dans l'école.*
>
> *Murielle Dupont a été transportée à l'hôpital, où son décès a été constaté.*

Je savais désormais que Murielle Dupont était bien la personne que je cherchais… Mais il n'y avait aucune mention du jeu de Ouija. J'ai lancé l'article de journal par terre, comme s'il était possédé. Et dire que, tout ce temps-là, j'aurais facilement pu avoir des réponses à mes questions. Si seulement j'avais pris le temps de lire ! J'ai soudain senti un regain d'énergie envahir mon corps. Si, un peu plus tôt, je ne savais quoi faire, je voulais maintenant aller au fond de l'histoire. Il y avait quelqu'un, encore en vie, qui avait été présente lors de la mort de Murielle, la première de la série des filles de dix-sept ans décédées à Clarmont.

Malgré moi, j'ai esquissé un sourire. Je savais que ce n'étaient pas des coïncidences et qu'il y avait quelque chose de louche derrière tout ça ! Mon instinct ne me mentait pas. Je savais que je n'étais pas folle !

J'ignorais combien de temps j'étais restée assise, songeuse, mais il faisait à présent noir. Seule la lueur du lampadaire sur le terrain éclairait l'intérieur de la maison. Je savais qu'il ne servait à rien que je tente d'allumer les lumières, puisque l'électricité avait été coupée depuis un bon moment. J'ai donc pris mon téléphone pour ouvrir l'application de lampe de poche afin de voir ce que je faisais. Je me suis levée, prenant bien soin de ne pas abîmer les articles de journaux plus qu'ils ne l'étaient déjà. Je me suis rendue jusqu'à la cuisine de Francine à la lueur de mon téléphone, cherchant quelque chose pour recoller les morceaux des articles. Comme Louise avait tout laissé à sa place, j'ai trouvé un rouleau de scotch dans le premier tiroir de la cuisine, là où Francine gardait tous les articles de bureau. Un par un, j'ai recollé chacun des articles, accordant une attention toute particulière à celui de Murielle, puisque j'allais en avoir besoin de nouveau le soir même. Heureusement, comme j'avais uniquement déchiré les papiers en deux, ils étaient encore très lisibles, si bien que j'ai pu effectuer la tâche en quelques minutes à peine. Je les ai rangés dans mon sac, puis je suis sortie.

En refermant à clé la porte de la maison de Francine, j'ai murmuré un « merci ». Je savais pertinemment que Francine n'avait rien à voir avec tout ça… Mais comme j'étais chez elle, j'aimais bien m'imaginer qu'elle avait, quelque part, un petit rôle à jouer là-dedans.

De retour dans ma voiture, j'ai pris mon téléphone, ouvert le moteur de recherche et j'ai tapé « Christine Lacasse Clarmont ». En quelques secondes, j'ai réussi à trouver son adresse.

J'ai démarré et je me suis mise en route vers Clarmont.

Chapitre 16

QUAND JE SUIS arrivée devant la maison de Christine Lacasse, le décor m'a surprise. Je ne connaissais pas très bien Clarmont, mais je savais que je me trouvais dans un quartier très reculé de la ville, à une vingtaine de minutes de mon école. Pour me rendre là, j'avais dû emprunter deux ou trois rues sinueuses avant de monter une pente en angle pour finalement arriver dans sa rue. Je suppose que, le jour, ça devait être un endroit magnifique, mais en pleine nuit… ça faisait un peu peur. Alors que je m'étais attendue à une demeure de taille normale, comme la plupart des maisons qu'on trouve à Clarmont, j'avais devant moi une bâtisse gigantesque, un manoir presque. Construite en briques blanches et marron, avec un toit noir, elle s'élevait sur deux niveaux. Les grandes fenêtres étaient recouvertes de barreaux en fer forgé. Pour accéder à la porte d'entrée, il fallait monter un escalier en pierre, entouré de ronces et de branches mortes. Bien entretenue, cette maison aurait été magnifique. Il ne semblait pas y avoir de jardin. Située au centre d'un cul-de-sac, la maison n'avait pas de voisins immédiats à droite ou à gauche, mais elle était bordée d'une grande haie de cèdres de chaque côté. Aucune lumière n'éclairait la porte d'entrée. Il y avait juste deux petites lanternes en bas de l'escalier.

J'ai remarqué une allée de pavés beiges qui longeait le côté de la maison vers l'arrière, entourée de petits buissons. Je me suis sentie frissonner. C'était un endroit digne d'un film d'horreur.

Je me suis même demandé s'il s'agissait réellement de la demeure de Christine Lacasse. Elle nous avait déjà dit, pendant un cours, qu'elle vivait seule et cette maison me semblait bien trop grande pour une personne. En tout cas, moi, j'aurais eu peur de vivre là toute seule. Peut-être y avait-il d'autres Christine Lacasse à Clarmont. Ça aurait été étonnant, mais pas impossible. J'ai arrêté ma voiture et attendu quelques instants avant de descendre. Il était 19 h 30, assez tard pour que j'aie de bonnes chances de la trouver chez elle, mais assez tôt pour ne pas me montrer inconvenante. Je dépassais probablement les limites de l'acceptable en me rendant chez elle, mais je ne me voyais pas aller la voir à son bureau, à l'école, pour lui demander des explications. Elle risquait d'être assez surprise de me trouver devant sa porte et j'espérais que cela la déstabiliserait juste assez pour qu'elle accepte de me parler. En fait, est-ce que je ne dépassais pas tout simplement les bornes ?

Non, je savais ce que je devais faire. Je devais avoir des réponses. Prenant mon courage à deux mains, j'ai frappé à la porte de ce que je pensais être la maison de madame Lacasse.

Après quelques secondes, j'ai entendu des pas dans le corridor. La porte s'est ouverte. Comme je m'y attendais, madame Lacasse a eu un mouvement de recul en me voyant.

– Elsie ? Mais qu'est-ce que tu fais ici ?

Je lui ai aussitôt mis sous le nez l'article de journal qui l'avait trahie. Il lui a fallu quelques secondes pour réaliser ce que je tenais dans mes mains. Elle est alors devenue blême.

– Je pense qu'on a besoin de parler.

Sur son visage, la surprise a cédé la place à la contrariété.

– Elsie, tu ne devrais pas être ici. Je ne sais pas ce que tu veux.

– Je viens de vous le dire. On a besoin de parler.

– Je ne te laisserai pas entrer chez moi comme ça. Va-t'en, Elsie.

Madame Lacasse était sur la défensive. J'ai mis ma main sur la porte pour l'empêcher de la refermer sur moi. Je savais que je n'avais que quelques secondes.

– Vous croyez vraiment que je vais me laisser faire ? lui ai-je dit avec un regard plein de défi.

J'ai profité de ce bref instant d'inattention de sa part pour pousser la porte avec mon autre bras et ainsi me faufiler dans son vestibule.

Madame Lacasse m'a laissée entrer sans résister. Ça m'a étonnée, je m'attendais à ce qu'elle proteste davantage. Après tout, j'étais simplement l'une de ses étudiantes. Elle ne me devait rien.

Sans attendre qu'elle referme la porte derrière moi, j'ai pris la liberté de me diriger vers le salon en observant ce qui m'entourait. Christine Lacasse avait une magnifique maison. Il y avait de grandes pièces ouvertes et la décoration était classe et élégante, à l'image de ce qu'elle projetait en tant que personne. Tout était sombre, des murs aux meubles. Au centre de la maison se trouvait un escalier en colimaçon qui prenait beaucoup de place et qui montait à l'étage, entouré d'une rampe en fer forgé. On aurait dit un manoir. C'était cependant très impersonnel. On ne voyait nulle part des photos de sa famille ou de ses amis. Avait-elle seulement des amis ? Même si elle vivait seule, elle devait bien avoir au moins une personne dans sa vie. À voir l'état de sa maison, elle me semblait bien seule.

En fait, ça ne voulait rien dire. Chez moi, il n'y avait pas non plus de cadres avec des photos de famille ou d'amis accrochés aux murs, puisque nous avions tout perdu dans l'incendie. Peut-être madame Lacasse avait-elle vécu une tragédie semblable, elle aussi. Je ne sais pas pourquoi je me posais ces questions. Ça m'importait peu, au fond. Je n'étais pas là pour apprendre à la connaître, mais pour avoir des réponses.

Maintenant que j'étais entrée dans sa maison, je ne savais plus où me mettre. Je ne pouvais plus reculer. Et si elle était dangereuse ? Je n'avais pas du tout pensé à cela. De toute façon, il était trop tard ; je ne pouvais pas changer d'idée.

Je me suis remise à regarder autour de moi. Si jamais madame Lacasse décidait de m'attaquer, est-ce que j'aurais de quoi me défendre ? À part la porte d'entrée, y avait-il un autre chemin pour sortir de chez elle ? Je m'imaginais le pire, je sais, mais je n'avais pas fait preuve de beaucoup de prudence en venant seule jusque-là. J'allais devoir surveiller mes arrières au cas où.

– Tu veux quelque chose à boire ? m'a proposé madame Lacasse.

Euh… non merci, c'était un plan pour qu'elle tente de m'empoisonner. J'ai secoué la tête.

– Non.

Sans attendre sa permission, je me suis assise sur le sofa le plus proche. Madame Lacasse, elle, a pris place devant moi, sur un autre canapé. J'ai déposé l'article de journal sur la table de salon, face à elle. Christine Lacasse m'observait sans rien dire. J'étais tellement mal à l'aise que je n'osais pas la regarder dans les yeux. Je ne savais pas quoi dire, non plus. Comment est-ce que je pouvais, de manière respectueuse, amener le sujet sur la table ? C'est finalement elle qui a brisé le silence.

– Qu'est-ce que tu me veux, Elsie ? m'a-t-elle demandé sur un ton agressif.

– Je veux juste savoir ce qui s'est réellement passé avec Murielle.

– Pourquoi ?

Elle avait l'air sur ses gardes, comme si elle avait quelque chose à cacher. C'est vrai, au fond, que je n'avais pas de raison valable à lui donner. Je ne savais même pas si le fait de venir lui parler allait m'éclairer dans mes recherches. Cependant, madame Lacasse était la personne la plus susceptible de me donner des explications. J'ai décidé de dire la vérité. Après avoir pris une grande inspiration, je lui ai dit :

– Parce que j'ai besoin de savoir ce qui lui est arrivé.

Madame Lacasse me regardait toujours d'un air agressif. Elle ne ressemblait en rien à l'enseignante que j'avais l'habitude de voir deux fois par semaine. Elle semblait aigrie et méchante.

– Tu devrais apprendre à ne pas te mêler de ce qui ne te regarde pas.

Je n'ai pas pu m'empêcher de sourire.

– En effet, ça me serait probablement utile. Mais, ce soir, je suis ici pour avoir des réponses.

– Mais des réponses par rapport à quoi, Elsie ?

– Je vous l'ai dit : je veux savoir ce qui est arrivé à Murielle en 1970.

J'ai marqué une pause avant d'ajouter :

– Je sais que c'est la première d'une série de dix filles qui sont décédées à Clarmont, dans les cinquante dernières années. Des morts « accidentelles ».

J'ai mimé des guillemets avec mes doigts, signe que je ne croyais pas que ces morts étaient accidentelles. Surtout pas depuis ce que Clara m'avait dit.

– Je ne sais pas de quoi tu parles, Elsie, m'a répondu madame Lacasse, toujours sur le qui-vive.

– Oh, arrêtez de me raconter n'importe quoi ! Tout ça, toutes ces morts… elles ont trop en commun pour que ce soient des coïncidences.

– Et qu'est-ce qui te fait dire que j'ai des réponses pour toi ?

Je l'ai moi aussi regardée d'un air provocateur.

– Le fait que vous soyez autant sur la défensive. Et surtout le fait que vous étiez amie avec Murielle au moment de sa mort.

J'ai reposé mes mains sur l'article de journal qui était sur la table juste devant moi, comme pour lui signifier que je ne l'avais pas oublié.

– Ce n'est pas mentionné dans cet article… mais je sais que Liliane Gagnon a dit à sa petite-fille Clara que son amie était morte après avoir utilisé un jeu de Ouija.

Madame Lacasse me regardait désormais d'un air défait. Je lui ai souri triomphalement. Là, elle serait bien obligée de me répondre.

Tout en continuant à fixer sur moi des yeux provocateurs, madame Lacasse m'a finalement révélé ce qui était arrivé à Murielle.

– C'est arrivé en 1970, le 6 octobre pour être exacte. Murielle avait dix-sept ans à l'époque. Nous n'étions pas très populaires, elle et moi. Pas du tout, en fait. Pour ma part, je vivais très bien avec cela. Je n'avais pas besoin de l'acceptation des autres pour être bien dans ma peau. Pour Murielle, c'était autre chose. Elle avait ce besoin vital d'être aimée, appréciée, et tout ce qu'elle faisait allait dans ce sens : elle cherchait tout le temps l'attention des autres. Je n'ai jamais su pourquoi c'était si important pour elle. Après tout, elle m'avait, moi, ainsi que notre autre amie, Liliane Gagnon. Nous étions très proches, toutes les trois, mais ce n'était pas assez. Nous n'étions pas assez importantes pour elle, visiblement. Un soir, Murielle a enfin réussi à nous faire inviter à une fête avec les gens populaires de l'école. Elle était d'autant plus fière de son coup que cette fête se tenait illégalement dans l'école, après la fermeture. Personne n'avait le droit d'y être. Murielle tenait absolument à y aller, puisque, selon elle, ça allait renforcer son sentiment d'acceptation. Lorsque nous sommes arrivées sur place… c'était différent de tout ce que j'avais pu imaginer. Il n'y avait qu'une quinzaine de garçons et de filles, des gens à qui je ne parlais presque jamais. La musique allait à fond et l'alcool coulait à flots. Liliane et moi n'étions pas très à l'aise avec tout ce qui se passait, mais, par respect pour Murielle, c'était important pour nous de rester. Tout au long de la soirée, j'ai pu remarquer que presque tout le monde ignorait Murielle, malgré son insistance auprès des gens. À part pour Liliane et moi… c'est comme si elle n'existait pas. Je voyais bien que ça la troublait, mais elle faisait comme si de rien n'était. Je voyais aussi qu'elle se ridiculisait, mais, comme je ne voulais pas la mettre encore plus mal à l'aise, je ne suis pas intervenue.

Madame Lacasse est restée quelques secondes pensive avant de reprendre :

– Un peu plus tard dans la soirée, quelqu'un est arrivé avec un jeu de Ouija. Bien sûr, tout le monde s'est précipité dessus pour l'essayer, Murielle y comprise. À l'époque, il était beaucoup moins facile qu'aujourd'hui de se procurer un Ouija, ça attisait donc la curiosité de tous. Même la mienne. Comme la planche n'était pas très grande, uniquement quelques personnes pouvaient l'utiliser en même temps. Bien sûr, Murielle, Liliane et moi avons été reléguées à l'arrière-plan, au grand déplaisir de Murielle. Je voyais dans son regard qu'elle était furieuse d'être encore une fois mise de côté. Liliane et moi avons essayé de la convaincre de partir, mais rien à faire, elle tenait à rester. Au bout d'un moment, Liliane et moi avons décidé d'aller aux toilettes. La musique nous donnait mal à la tête et nous avions envie d'un peu de calme. Nous sommes restées là un bon quart d'heure. Lorsque nous sommes revenues, tout le monde était encore autour du jeu de Ouija. Tout le monde sauf Murielle. Après avoir réalisé qu'elle n'était pas avec les autres, je me suis mise à la chercher partout. J'ai demandé si on l'avait vue, et quelqu'un m'a dit avec nonchalance qu'elle était partie se baigner. J'ai vite paniqué, sachant qu'elle ne savait pas nager. C'est finalement moi qui l'ai trouvée…

– Gisant au fond de la piscine…, ai-je dit en l'interrompant pour la première fois.

– Oui. J'ai hurlé, hurlé, les gens sont arrivés, mais il était déjà trop tard. Nous n'avions pas de téléphone portable à l'époque. Ça a donc été très long avant que l'ambulance n'arrive. Nous avons tout fait pour tenter de réanimer Murielle, mais c'était trop tard. Tout le monde s'en est voulu.

– Voulu de ne pas avoir accordé davantage d'attention à Murielle ?

Je me suis presque sentie mal pour madame Lacasse. Malgré le fait que cette histoire était arrivée plusieurs décennies auparavant, ça semblait l'avoir beaucoup marquée. Avec raison, d'ailleurs. Moi aussi, j'avais perdu ma meilleure amie quelques mois plus tôt. J'arrivais à peine à m'en remettre alors qu'elle était morte de vieillesse. Je n'osais même pas imaginer ce que ça devait faire de perdre quelqu'un dans un bête accident comme celui-là.

– Oui. De savoir que quelqu'un s'est suicidé à cause de soi, c'est horrible…

– Attendez, Murielle s'est suicidée ?

Ça changeait la donne, ça. Je croyais que sa mort avait été classée comme accidentelle ?

– Oui, tout le monde a cru qu'elle s'était suicidée.

– Ce n'est pas ce qui est arrivé ?

Je voyais bien que madame Lacasse était réticente à me parler, mais je n'avais pas d'autre choix que de lui demander de continuer.

– Non. C'était réellement un accident.

– Comment vous pouvez en être certaine ?

– Parce qu'elle me l'a dit.

– Comment est-ce qu'elle a pu vous le dire ?

Oh.

J'ai finalement compris.

– Vous lui avez parlé via le Ouija ?

– Quand j'ai décidé de communiquer avec elle, je n'avais aucune idée de ce qui pouvait m'arriver. Je ne croyais pas trop à toutes ces histoires d'esprits et de vie après la mort, mais Murielle me manquait trop pour que je n'essaie pas. C'était ma meilleure amie. Quelques semaines après sa mort, j'ai réussi à communiquer avec elle par l'intermédiaire du jeu de Ouija qui avait été utilisé durant la fameuse soirée.

– Vous étiez seule ?

– Oui. Je n'en ai pas parlé avec Liliane ni avec personne d'autre. J'avais beaucoup trop peur qu'ils refusent ou qu'ils me dénoncent. Non, je suis allée chercher le jeu de Ouija par moi-même.

– Vous l'avez trouvé comment ?

– Je savais que le jeu avait été caché sous une pile de vieux matelas dans le gymnase avant que l'ambulance arrive. Étonnamment, il était encore là. Sans trop savoir comment m'y prendre, j'ai tenté de la contacter. Et ça a fonctionné. Tu vois, lorsque quelqu'un décède dans des circonstances tragiques et qu'il n'accepte pas sa mort, il peut devenir…

J'ai terminé la phrase pour elle :

– … un esprit vengeur. Oui, je sais comment ça fonctionne. C'est ce qui est arrivé à Murielle, pas vrai ? Et c'est vous qui l'avez réveillée en communiquant avec elle. Le jeu de Ouija, c'est le centre d'énergie de Murielle, c'est ça ?

Madame Lacasse me fixait d'un drôle de regard, comme si elle était surprise que je sois au courant de ça.

– Comment tu sais ce qu'est un centre d'énergie ?

– Je le sais, c'est tout. Ce n'est pas important.

Même si madame Lacasse n'avait pas complètement répondu à ma question, j'avais maintenant la certitude que le centre d'énergie de Murielle était le jeu de Ouija. Le seul objet qui la reliait encore au monde physique.

– Vous avez pu avoir une conversation avec elle ?

– Oui.

J'étais surprise, parce que je n'avais jamais réussi à avoir une réelle conversation avec quelqu'un durant une séance de Ouija. Je me demandais comment ça se passait. Comme l'esprit devait épeler chaque mot, ça devait être terriblement long !

– C'est là qu'elle m'a confié qu'elle s'était noyée. Elle avait décidé d'aller se baigner pour attirer l'attention des autres.

– Mais… pourquoi aurait-elle voulu aller se baigner en sachant qu'elle ne savait pas nager ?

– Parce qu'elle croyait que les gens allaient enfin lui prêter attention si elle était en situation d'urgence. Mais personne ne l'a entendue. Murielle s'est noyée et elle est morte toute seule.

Madame Lacasse a soupiré doucement.

– Et… elle m'a dit que j'étais la meilleure amie qu'elle avait jamais eue, que je lui manquais beaucoup. Et puis elle m'a demandé si je voulais l'aider.

– L'aider à quoi ?

– À se venger.

C'est là que j'ai compris. Il n'y avait pas d'entité malveillante qui tuait les jeunes filles de Clarmont. C'était Murielle. C'était elle qui était derrière tout ça.

En état de choc, il m'a fallu un moment pour arriver à parler.

– Donc, c'est Murielle qui est responsable de toutes ces morts ?

– Bien sûr. Pourquoi penses-tu que ce sont toutes des adolescentes de dix-sept ans qui meurent à Clarmont ?

Chapitre 17

À LA SUITE DES confessions de Christine Lacasse, j'étais tellement ébranlée que je n'arrivais pas à faire autre chose que la fixer. À chaque seconde, une nouvelle question arrivait dans ma tête. Pourquoi Murielle faisait-elle ça ? Comment fonctionnait-elle ? Que leur faisait-elle, exactement ? Comment choisissait-elle ses victimes ? Surtout… quel était le rôle de Christine Lacasse dans cette histoire de vengeance ?

J'aurais pu me perdre dans mes pensées pendant des heures, mais je sentais que madame Lacasse s'impatientait. J'avais peur qu'elle ne me mette à la porte avant de m'avoir tout révélé. Je me suis dit que c'était maintenant ou jamais.

– Est-ce que… est-ce que vous lui avez dit oui ?

– Dis oui à quoi ?

– Quand elle vous a demandé de l'aider à se venger.

Elle est demeurée un bon moment silencieuse avant de répondre.

– Oui, je lui ai dit oui.

– Sans savoir ce que ça impliquait ?

Je savais que, parfois, les entités maléfiques utilisent la flatterie ou alors les émotions des autres personnes afin de gagner leur confiance et d'arriver à leurs fins. Murielle avait sûrement dit à Christine Lacasse qu'elle était sa meilleure amie et qu'elle lui manquait beaucoup pour la convaincre de l'aider.

En relevant mon regard vers madame Lacasse, j'ai pu voir un mélange de tristesse, de colère et de regret dans ses yeux. Elle n'avait pas dû raconter cette histoire bien souvent.

– Non, en effet. Je ne savais pas ce que ça impliquait. Je n'étais même pas sûre que c'était réellement Murielle. Mais j'ai tout de même dit oui. Sans savoir qui, quoi ou comment.

Je me suis crispée en voyant le bras de madame Lacasse se tendre vers moi. J'ai poussé un petit soupir lorsque j'ai constaté qu'elle voulait simplement prendre un papier mouchoir dans la boîte qui se trouvait devant moi. Doucement, pour ne pas faire couler son maquillage, elle a tamponné ses yeux afin d'essuyer ses larmes. J'ai profité de ce moment de vulnérabilité pour continuer à lui arracher des informations.

– Qu'est-ce qui est arrivé, après ?

– J'ai décidé de ramener le jeu de Ouija chez moi. Je l'ai caché dans ma garde-robe pour que mes parents ne le trouvent pas, mais, chaque fois que j'en avais l'occasion, je le ressortais pour discuter avec Murielle. En fait, je parlais avec elle presque chaque soir. Ma meilleure amie me manquait. Au bout de quelques jours, elle m'a fait part de son plan.

– Son plan ?

Assise sur le bout du sofa, j'étais complètement abasourdie par l'histoire que madame Lacasse me racontait. Lentement, tout semblait se mettre en place dans ma tête… Mais j'avais l'impression que cette histoire allait devenir de plus en plus invraisemblable.

– Murielle ne voulait pas qu'on l'oublie. C'est pourquoi exactement un an après sa mort, une autre jeune fille est décédée.

– Nadine Laroche ?

Je me souvenais vaguement d'elle. C'était elle qui était décédée un an jour pour jour après Murielle…

– Oui. Un an pile après la mort de Murielle. Une autre adolescente qui décède tragiquement, ça allait faire les manchettes… Et par la même occasion ça allait rappeler à tout le monde la mort de Murielle. Pour que personne ne l'oublie.

Je n'avais pas envie de couper la parole à madame Lacasse, puisque je voulais qu'elle continue son histoire, mais je n'ai pas pu m'empêcher de lui demander :

– Pourquoi Nadine Laroche ? Et comment… comment ça s'est passé ?

Madame Lacasse a ricané méchamment en haussant les épaules.

– C'était une victime tout indiquée. Elle avait dix-sept ans, naïve comme tout. Je lui ai proposé de venir chez moi pour qu'on essaie le Ouija. Bien sûr, elle a dit oui.

– Mais pourquoi elle particulièrement ?

– Aucune raison particulière. Elle était là, c'est tout. C'est elle qui a mordu à l'hameçon.

Madame Lacasse racontait tout ça avec une telle désinvolture que c'en était effrayant. C'est comme si elle n'éprouvait aucun remords d'avoir causé la mort d'une innocente. Je ne voulais pas rester une seconde de plus dans la maison de cette femme. Elle me semblait soudain encore plus terrifiante que Franklin ou Murielle. Généralement, les entités maléfiques ne savent pas qu'elles causent du tort autour d'elles. Elles le font parce que c'est ancré en elles. Madame Lacasse, en revanche, le faisait de son plein gré, et c'est ça qui était horrible. Je voulais partir à l'instant même, mais une autre question me brûlait les lèvres.

– Nadine Laroche est morte dans l'incendie de sa maison. C'est Murielle qui a mis le feu ?

Un esprit doit être très puissant pour être capable de faire quelque chose qui a des conséquences sur le monde physique. Je savais que ce n'était pas impossible, puisque Franklin avait bien failli me tuer en faisant fuir du gaz dans ma cuisine. Si l'esprit de Francine n'avait pas été là pour m'avertir, j'en serais morte.

– Non, bien sûr que non, a répondu madame Lacasse. Elle n'était pas assez forte à ce moment-là. Non, c'est plutôt elle qui a convaincu Nadine de mettre le feu à sa maison.

– Elle l'a… forcée ?

Je me rappelais trop bien ce que Clara m'avait dit le matin même : qu'elle avait eu l'impression d'être forcée à manger la palette de chocolat. J'ai frissonné.

– C'est ça.

Madame Lacasse a soupiré en regardant le plancher.

– C'est vraiment dommage que, cette année, ce soit la petite-fille de Liliane qui écope… Mais bon, ce n'est pas comme si c'était moi qui choisissais. D'ailleurs, Liliane n'a jamais voulu essayer de parler avec Murielle par l'intermédiaire du Ouija. J'imagine que ça l'a contrariée.

Mes yeux se sont remplis d'eau.

– Donc, mes amies vont mourir ?

– Oh non, pas tes amies. Juste Clara. Pour éviter d'éveiller les soupçons, peu importe le nombre de jeunes filles qui utilisent le Ouija, une seule d'entre elles va mourir. Les décès étant espacés de quelques années, personne ne s'est jamais douté de rien. Sauf toi, évidemment.

Je me suis sentie blêmir.

– Parce que le meurtre de Nadine, ce n'était pas assez ? Il lui en fallait d'autres ?

– Évidemment. Tu croyais qu'elle allait se satisfaire d'une si petite vengeance ?

– Comment est-ce que vous choisissez vos victimes ? lui ai-je demandé d'une petite voix.

Au fond de moi-même, je ne voulais pas connaître sa réponse… Mais je devais savoir.

– Oh, avec Nadine, c'était aléatoire. C'est la première à avoir marché dans le piège. Après… c'était plus difficile. Quand je suis devenue adulte, je n'avais plus aussi facilement accès à des ados. C'est entre autres pour cette raison que je suis devenue enseignante.

J'ai soudain eu envie de vomir.

– C'est donc pour ça que vous amenez le jeu de Ouija en classe…, ai-je chuchoté.

Je n'arrivais pas à y croire. Comment osait-elle faire ça ? Aussi furieuse que choquée, je me suis mise à crier :

– Mais comment vous osez faire ça ? Comment vous pouvez mettre la vie de filles en danger ?

– Parce que c'est comme ça que Murielle arrive à ses fins. C'est de cette façon-là qu'elle est en mesure de se venger.

– À travers le jeu de Ouija ?

Madame Lacasse avait l'air agacée par mes nombreuses questions.

– Chaque fois qu'une fille utilise ce jeu, elle devient automatiquement la prochaine victime de Murielle. En devenant enseignante, je savais que, chaque année, j'aurais une trentaine de nouvelles étudiantes à qui présenter le jeu. De nouvelles victimes potentielles pour Murielle. Bien sûr, je ne l'amenais pas en classe chaque année pour ne pas éveiller les soupçons, mais lorsque je sentais que Murielle s'impatientait et qu'elle était prête pour une nouvelle victime, je modifiais mon plan de classe pour y inclure le jeu. C'est très facile, comme tu vois.

– Mais… je ne comprends pas… Vous n'utilisez pas le jeu en classe… Vous m'avez même dit que vous n'y croyiez pas vous-même…

Madame Lacasse a éclaté d'un rire mauvais.

– Il faut bien que je joue mon jeu si je veux qu'au moins une personne tombe dans le piège. Chaque fois que j'apporte le jeu à l'école, je fais exprès de le laisser traîner sur mon bureau après le cours. Inévitablement, il y a au moins une fille qui va succomber à la curiosité et qui va décider de l'essayer. Aussitôt qu'elle y touche, c'est fini.

Je me suis mise à crier.

– Mais vous réalisez ce que vous êtes en train de me dire ? Ce sont des meurtres !

Madame Lacasse m'a regardée d'un air offusqué.

– Mais bien sûr que non ! Ce n'est pas comme si je forçais ces filles à essayer le Ouija... Ce n'est pas comme si c'était moi qui les tuais.

– Mais vous êtes complice, c'est encore pire !

– Crois ce que tu veux, Elsie, mais je connais mieux que quiconque mon implication là-dedans.

Complètement dégoûtée, je fixais madame Lacasse avec de la terreur dans les yeux.

– Donc, vous vivez bien avec le fait d'être complice de la mort d'innocentes depuis près de cinquante ans ?

– Bien sûr. J'ai promis à Murielle de l'aider à se venger, c'est ce que j'ai fait.

Elle a prononcé cette phrase sur un ton tellement détaché, sans l'ombre d'un remords, que j'en ai eu un haut-le-cœur. Tout cela était de la faute de Murielle, bien sûr, mais Christine Lacasse était tout aussi responsable ! Je n'arrivais pas à y croire. Moi qui faisais confiance à cette personne. Je n'étais pas la seule, non plus.

Madame Lacasse s'est subitement levée de sa chaise, s'approchant de moi avec un regard menaçant.

– Je te demanderais de quitter ma maison. Je t'en ai déjà trop dit de toute façon.

En me tenant par le bras, elle m'a raccompagnée de force jusqu'à l'entrée. Je n'osais pas lui dire qu'elle me faisait mal parce que je me doutais que c'était son intention. Pendant qu'elle me tirait vers l'avant, quelque chose m'a sauté aux yeux. Bien rangé dans une petite bibliothèque en verre qui se trouvait dans le couloir... Le jeu de Ouija. Le centre d'énergie de Murielle. Il était là, tout près, entouré de bibelots de chats noirs.

Et si seulement j'arrivais à me défaire de madame Lacasse pour aller le chercher et...

Je n'ai pas eu le temps de réfléchir plus longuement ; nous étions déjà arrivées à la porte qu'elle a ouverte d'un seul coup. Elle m'a poussée vers l'extérieur avec tant de force que je n'ai pas pu me retenir et suis tombée par terre. J'ai réussi à glisser ma jambe à l'intérieur pour qu'elle ne puisse pas refermer la porte. Ça allait me faire gagner quelques secondes.

– Vous pensez vraiment que vous allez vous en tirer comme ça ? Et si je vous dénonçais ?

Madame Lacasse a d'abord eu l'air inquiète, puis elle a haussé les épaules en ricanant.

– À qui voudrais-tu me dénoncer ? Et surtout, qui te croirait ? Je te rappelle que les décès des adolescentes ont tous été classés comme accidentels et tu n'as aucune preuve.

Je n'avais en effet aucune preuve. Je n'avais pas pensé à enregistrer ce que madame Lacasse m'avait dit.

– Mais vous ne pouvez pas me laisser comme ça ! Qu'est-ce qui va arriver maintenant ?

Madame Lacasse a éclaté de rire.

– À toi ? Rien. Ce n'est pas toi qui as touché le jeu de Ouija, ma pauvre enfant. Une mort en quelques années, c'est assez.

Sur ces mots, elle a enlevé ma jambe avec son pied et a refermé la porte devant mon visage.

Chapitre 18

LE SOUFFLE COURT, j'ai couru jusqu'à ma voiture. Une fois les portières verrouillées, j'ai à peine pris le temps d'attacher ma ceinture de sécurité que je suis partie en trombe, omettant de faire l'arrêt requis pour sortir de la rue. Je ne savais plus exactement où j'étais et quel chemin emprunter pour retourner chez moi, mais je ne voulais pas rester immobile. Je désirais m'éloigner le plus possible de Christine Lacasse.

D'une seule main, j'essayais tant bien que mal de taper mon adresse sur le GPS de mon téléphone. Comme je conduisais en même temps, je concentrais mon attention surtout sur la route et les autres véhicules autour de moi afin d'éviter de faire un accident. Ça aurait été le comble.

Je savais qu'il est interdit d'utiliser son téléphone au volant, mais je refusais de m'arrêter même quelques secondes pour inscrire mon adresse. Après quelques essais, j'ai finalement réussi. Mon GPS m'indiquait qu'il me faudrait cinquante minutes pour revenir à la maison.

Les cinquante minutes les plus longues de ma vie.

Pendant tout le trajet, je me répétais à voix haute ce que madame Lacasse m'avait dit. Son histoire, celle de Murielle et de son décès. Je ne voulais absolument rien oublier. Je savais que chaque détail était important et que j'en aurais peut-être besoin pour aider Clara. Surtout, je voulais mettre fin au règne diabolique de Murielle.

En arrivant devant chez moi, j'ai garé ma voiture. Celle de mes parents n'était pas là. Heureusement, car je n'aurais pas su comment enlever le sentiment de panique qui m'habitait après les confessions de madame Lacasse. J'aurais eu beaucoup de difficulté à leur cacher tout ça.

Après avoir monté les marches deux par deux, je me suis enfermée dans ma chambre. Je me suis aussitôt précipitée sur mon bureau pour allumer mon ordinateur portable. Au bout de quelques secondes, constatant qu'il ne s'était pas ouvert, j'ai appuyé de nouveau sur le bouton de démarrage. Toujours rien.

– Allez, ouvre-toi, je n'ai pas de temps à perdre !

J'ai finalement vu l'icône « batterie faible » apparaître sur l'écran. En poussant un petit cri de colère, je me suis levée pour aller chercher le chargeur que j'avais laissé dans le salon. J'ai aussitôt branché mon ordinateur. J'en ai également profité pour recharger mon téléphone, qui n'avait plus que 14 % de batterie.

Lorsque mon ordinateur s'est enfin allumé, j'ai tout de suite cliqué sur le logiciel de traitement de texte que j'utilisais habituellement pour faire mes travaux. Sans prendre de pause, je me suis mise à écrire tout ce dont je pouvais me souvenir de ma conversation avec Christine Lacasse.

Quand j'ai eu terminé, j'ai senti mon stress retomber un peu. Pas pour longtemps, cependant. J'ai vite compris que, cette fois, je ne pouvais plus reculer. Ce n'étaient plus des suppositions : Clara était réellement en danger. Le pire, c'est qu'elle ne le savait même pas.

En regardant l'heure, j'ai réalisé à quel point cette journée avait été longue. Entre la visite de Clara à l'hôpital, ses confessions, mon retour chez Francine, mes découvertes sur la mort de Murielle et les révélations de madame Lacasse… il n'était pas étonnant que je sois épuisée.

J'étais crevée et je n'avais qu'une envie : dormir, ne plus penser à rien. Je voulais juste une nuit complète de sommeil pour oublier dans quel pétrin je m'étais encore mise.

Mais je savais bien que je ne pouvais pas faire ça. J'avais voulu m'embarquer dans une autre histoire d'esprits ; je devais continuer. Et ça ne serait pas toute seule.

En descendant l'escalier, j'ai constaté que mes parents n'étaient toujours pas rentrés. Comme mon père s'était fait retirer son plâtre aujourd'hui, je me doutais bien qu'ils avaient eu envie d'en profiter et de sortir. Ils le méritaient bien.

J'ai pris mon téléphone pour envoyer deux messages. Le premier à mes parents :

« Je suis chez Felix, ne m'attendez pas ce soir ! Bonne soirée ! »

Et le deuxième pour aviser Felix que j'allais arriver dans quelques minutes. Moi qui m'étais promis de lui répondre en sortant de chez Francine...

J'ai conduit assez rapidement pour me rendre chez Felix. Si je voulais continuer, je ne pouvais pas rester seule. Il fallait que j'en parle avec quelqu'un.

En arrivant chez lui, j'ai frappé à la porte de toutes mes forces. Étonné, il m'a vite ouvert.

– Qu'est-ce qui se passe ? m'a-t-il demandé.

– Je ne sais pas si tu vas me croire, lui ai-je répondu en soupirant.

Je lui ai raconté tout ce qui s'était passé au cours de la journée avec le plus de détails possible.

Heureusement que j'avais pris la peine de noter les points importants de ma conversation avec Christine Lacasse, puisque ça me semblait déjà très loin dans ma mémoire.

Lorsque j'ai eu fini mon récit, Felix m'a regardée d'un air sceptique.

– Et tu vas me dire que tout ça, ça s'est passé aujourd'hui ?

– C'est ça qui est fou, mais oui. Je sais que je t'avais promis de ne plus m'en mêler… Mais, avec ce qui est arrivé à Clara, je n'ai pas pu m'en empêcher. Il faut que je l'aide, Felix. Je ne peux pas la laisser mourir. Elle a eu de la chance, hier, mais elle pourrait ne plus en avoir bientôt.

Je me suis écrasée dans le sofa en calant ma tête dans mes mains. Je pensais que raconter tout cela à Felix allait m'aider, mais je me sentais toujours aussi vide et perdue.

Felix a pris une de mes mains et l'a serrée dans la sienne.

– Pourquoi est-ce que ça m'arrive à moi ? Je voulais juste un nouveau départ, Felix. Je voulais aller dans une nouvelle école dans une nouvelle ville pour oublier tout ce qui s'est passé au printemps. Pourquoi est-ce que je me suis retrouvée encore dans un truc comme ça ?

Une larme a coulé sur ma joue.

– Qu'est-ce qui ne va pas chez moi, hein ?

– Je ne sais pas. T'as trop bon cœur, je pense. Peut-être un peu trop curieuse, aussi.

Il a poussé un soupir de désespoir. Le pauvre. Il ne se doutait certainement pas qu'il allait être mêlé à une tonne d'histoires surnaturelles en décidant de sortir avec moi.

– Je suis bien d'accord avec toi, on doit aider ton amie. Mais... qu'est-ce que tu veux qu'on fasse ? Est-ce qu'on ne devrait pas appeler l'agente Lemieux ?

Felix la connaissait bien, lui aussi, puisqu'il avait également été interrogé.

– Non, on ne peut pas...

– Pourquoi pas ? Tu ne crois pas qu'elle et son équipe sont mieux équipées que nous pour faire face à ce genre de chose ?

J'essayais de chasser cette idée de ma tête. Évidemment que ces gens étaient mieux équipés que nous. En fait, il aurait fallu les appeler avant. Bien avant. Mais, là, il était trop tard.

– Tu ne te rappelles pas que j'avais promis de ne plus jamais m'embarquer dans une histoire comme celle-là ? Qu'est-ce que tu penses qu'ils vont faire, Felix ? Ils vont m'enfermer, c'est sûr.

– Peut-être pas. Ce n'est pas comme si c'était ta faute. Tu ne pouvais pas savoir que Murielle était morte dans ton école et que Christine Lacasse avait ce plan...

Felix a mis son bras autour de mes épaules et m'a attirée vers lui. Je voyais bien à quel point il se sentait impuissant. Sans rien dire, j'ai blotti ma tête contre son épaule. Nous sommes restés silencieux pendant quelques minutes, chacun à réfléchir de notre côté. J'ai finalement brisé le silence.

– Tu as raison, ce n'était pas ma faute. Au départ, du moins. J'aurais dû appeler l'agente Lemieux dès que j'ai eu des doutes sur le fait qu'Émilie était un fantôme. Elle aurait pu prendre le dossier, et les choses auraient certainement été différentes.

J'ai essuyé une petite larme furtive sur ma joue. Plus question que je pleure.

– Il est trop tard pour appeler l'agente Lemieux maintenant. Il faut qu'on essaie de régler ça nous-mêmes.

– Mais tu ne penses pas que ça pourrait encore plus aggraver les choses ?

J'ai essayé de mettre de l'ordre dans mon esprit.

– Je ne sais pas. Je me dis que si on arrive à régler tout ça de notre côté... ça risque d'être moins pire que si on appelle à l'aide. Il faut au moins essayer, Felix. On a déjà réussi une fois avec Franklin.

– Oui, et on a bien failli y laisser notre peau. Toi, surtout.

– Je sais. Mais il faut essayer. Si je dois me faire interner parce que je n'ai pas respecté ma promesse… on doit au moins tenter quelque chose de notre côté. Si ça ne fonctionne pas ou si ça devient trop dangereux… promis, on appellera l'agente Lemieux.

Felix m'a regardée avec des points d'interrogation dans les yeux.

– Et tu crois régler ça comment ?

J'ai relevé la tête pour le regarder dans les yeux.

– Il faut détruire le centre d'énergie de Murielle.

– Tu sais ce que c'est ?

– Oui, madame Lacasse me l'a dit. C'est le jeu de Ouija.

Felix a renversé la tête vers l'arrière, complètement découragé.

– Tu es certaine que c'est la bonne chose à faire ?

Les larmes me sont montées de nouveau aux yeux.

– Si je ne veux pas que Clara meure, oui. T'es pas obligé de m'aider, hein. Je vais le faire toute seule, s'il le faut. Je ne peux pas la laisser tomber.

Furieuse de pleurer encore, j'ai prestement essuyé les larmes sur mes joues.

– Ce n'est pas que je ne veux pas t'aider, Elsie. C'est juste que c'est dangereux. Tu le sais aussi bien que moi… Christine Lacasse te l'a dit : tu n'as pas touché au Ouija, rien ne va t'arriver. C'est Clara qu'il faut aider.

– Oui, justement, c'est ce que j'essaie de faire ! Avec ou sans toi.

J'avais l'impression d'avoir huit ans et de faire un caprice. Je ne comprenais pas pourquoi il ne voyait pas l'urgence de la situation. Est-ce qu'il serait capable de vivre avec la mort de mon amie sur la conscience, ainsi que les prochaines ? Murielle ne s'arrêterait pas avant que quelqu'un n'intervienne.

Felix m'a fixée en souriant tristement.

– Arrête, tu sais très bien que je vais t'aider. J'essaie juste de te faire comprendre que ce n'est pas toi qui es directement en danger, mais ton amie. Si tu appelles l'agente Lemieux et que tu arranges un peu la vérité… on pourrait réussir à sauver Clara sans se mêler directement de tout ça.

– Tu serais prêt à prendre le risque que je me retrouve enfermée si jamais ils découvrent ce qui s'est réellement passé ? C'est une chose de leur cacher la vérité, c'en est une autre de mentir.

Je pense que j'essayais de me convaincre moi-même davantage que Felix. Je savais que, peu importe la façon dont nous tournions la situation, je mentais d'une manière ou d'une autre.

– Mais si ça finit mal comme avec Franklin… ils vont le savoir de toute façon. Pourquoi ne pas éviter le plus possible le danger ?

– C'est un risque que je suis prête à prendre. Soit on essaie de tout régler par nous-mêmes et ça fonctionne… Soit ça ne fonctionne pas, mais au moins on aura tout essayé.

Felix et moi sommes restés silencieux quelques minutes. C'est lui qui a finalement brisé le silence.

– OK… Donc, il faut détruire le centre d'énergie de Murielle ? Il n'y a aucune autre façon de le faire ?

– Tu sais aussi bien que moi que c'est la seule manière de libérer l'esprit de Murielle. Sans son centre d'énergie, elle ne peut plus rester sur Terre. Et elle ne peut plus faire de mal à personne.

J'ai soupiré.

– Le seul problème, c'est qu'il est chez Christine Lacasse. Le jeu, je veux dire. Et je n'ai aucune idée de la façon dont on va s'y prendre pour le récupérer.

Chapitre 19

JE N'AVAIS PAS fermé l'œil de la nuit. Pas une seule seconde. Je n'avais fait que penser à la journée qui venait de passer. Après ma rencontre avec Christine Lacasse, j'avais reçu un texto de Clara m'informant qu'elle allait beaucoup mieux et qu'elle était de retour chez elle. Elle avait décidé de ne pas aller à l'école le lendemain, donc ce lundi, pour se reposer encore un peu. C'était une bonne chose, au fond. Mon amie n'était à l'abri nulle part, je le savais, mais elle était tout de même un peu plus en sécurité chez elle. C'est ce que je me répétais sans cesse, comme pour essayer d'y croire.

Quant à moi, même si je n'avais pas du tout la tête à ça, je ne pouvais pas rater cette journée de cours, la plus grosse de la semaine, d'autant plus que j'avais une évaluation en français. J'avais sous les yeux des cernes tellement grands que même mon meilleur anticerne n'avait pas réussi à les camoufler. J'ai donc pris la route de Clarmont, énorme tasse de café en main, espérant être capable de rester réveillée toute la journée.

Pendant les quarante-cinq minutes de trajet, mes pensées naviguaient entre le danger que courait Clara, tout ce que madame Lacasse m'avait confié… et la façon d'éliminer Murielle.

Il fallait que je trouve le moyen de détruire ce jeu afin de briser le centre d'énergie de Murielle. De cette manière, elle ne pourrait plus faire de mal à personne et Clara serait sauvée. Le problème, c'est que je savais que madame Lacasse gardait le jeu de Ouija chez elle, puisque je l'avais vu la veille.

Mais comment est-ce que j'allais faire pour m'en débarrasser ?

Dans le cas de Franklin, j'avais carrément dû brûler ma maison pour nous libérer de son emprise. Évidemment, je ne pouvais pas mettre le feu à la maison de madame Lacasse. En fait, oui, j'aurais pu le faire. Mais je me serais certainement retrouvée en prison ou un truc du genre. Je voulais arrêter Murielle, mais pas au point d'hypothéquer le reste de ma vie. Christine Lacasse m'avait mentionné que Murielle voulait se venger. Mais de quoi, exactement ? Ce n'est pas comme si elle avait décidé de tuer toutes les personnes qui avaient assisté à la fameuse soirée. Si ça avait été le cas, j'aurais un peu mieux compris ses motivations. Mais, là, elle et madame Lacasse ne s'attaquaient qu'à des jeunes filles de dix-sept ans. Comme Murielle, elles étaient toutes décédées en octobre. Pourquoi leur en voulait-elle autant ?

J'ai soupiré de découragement. À moins de réussir à parler avec Murielle, je n'aurais sans doute jamais de réponses à mes questions. Si je ne pouvais pas accéder au jeu de Ouija pour le détruire, je ne pouvais pas non plus y accéder pour l'utiliser. Je devais me rendre à l'évidence : il m'était impossible de contacter Murielle de cette façon-là.

Cependant, quelque chose me trottait dans la tête depuis cette nuit. Une autre option s'offrait à moi : l'écriture automatique, une technique ancestrale utilisée pour communiquer avec les défunts.

Comme je ne dormais toujours pas à 3 h du matin, j'avais décidé de m'informer un peu plus là-dessus.

L'écriture automatique consiste à prêter son bras, en quelque sorte, à une entité afin qu'elle l'utilise pour écrire les messages qu'elle souhaite transmettre. Elle est couramment pratiquée dans le spiritisme, puisqu'elle permet à une personne disparue de communiquer avec le monde physique.

En général, cela requiert uniquement une feuille de papier et un crayon. Cette technique peut toutefois être dangereuse. Bien que l'entité n'utilise que notre bras, cela signifie tout de même qu'elle prend possession d'une partie de notre corps. Ainsi, au moindre faux pas de notre part, un esprit particulièrement malveillant pourrait prendre possession de notre corps en entier. Pour réussir à faire de l'écriture automatique avec un esprit, il faut être totalement réveillé et concentré. Un simple instant de distraction risque d'être fatal. Ça me semblait beaucoup plus effrayant que le Ouija, vu comme ça.

Je savais qu'en général, seul un médium assez expérimenté peut pratiquer l'écriture automatique. Cependant, je me disais qu'avec tout ce que j'avais vécu, je n'avais absolument rien à perdre et que j'étais peut-être une bonne candidate pour tenter l'expérience. De toute façon, je n'avais pas d'autre idée. C'était ça ou rien.

Comme Felix n'avait pas l'air emballé par mon idée de régler nous-mêmes la situation, j'ai décidé d'essayer l'écriture automatique toute seule. Je n'aimais pas lui cacher des choses, mais, d'un autre côté, je ne voulais pas qu'il soit là quand je chercherais à contacter Murielle. Il avait eu la chance de sortir indemne de notre dernière séance de Ouija. Je n'allais pas lui faire courir de nouveaux risques.

C'est donc pourquoi, après une longue journée de classe, je suis restée à l'école jusqu'à la fermeture. Puisque Murielle était morte ici presque cinquante ans auparavant, je me disais que c'était le meilleur endroit pour essayer de la contacter. La majorité des articles que j'avais lus mentionnaient la nécessité de choisir un endroit important pour le défunt. Je ne connaissais pas Murielle, mais je me suis dit que son lieu de mort était certainement un bon endroit pour cela.

Mon dernier cours de la journée se terminant à 17 h, je n'aurais pas besoin d'attendre très longtemps avant d'être seule. Je me suis installée dans la cafétéria, où j'ai passé une heure complète à naviguer sur Instagram et YouTube, incapable de me concentrer sur autre chose. Je pensais sans cesse à que j'allais essayer de faire.

Je n'étais pas du tout certaine que ça allait fonctionner, en fait. Entre mon inexpérience en écriture automatique, la puissance de Murielle et l'endroit où je me trouvais, j'avais l'impression qu'il y avait beaucoup trop de facteurs qui n'étaient pas à mon avantage. Est-ce qu'il valait vraiment la peine que je perde mon temps ? En prenant mon téléphone pour regarder l'heure, j'ai remarqué que j'avais reçu un message de Clara. Les larmes me sont montées aux yeux. Il fallait que j'essaie pour elle. Même si tout cela était la faute de Murielle et de madame

Lacasse, si je ne tentais pas de sauver mon amie, j'aurais l'impression d'être complice d'un meurtre. Je n'avais pas le choix. Je devais faire tout ce que je pouvais.

À 18 h tapantes, je me suis donc rendue au complexe sportif, situé tout au fond de l'école. Je devais passer par le gymnase pour me rendre à la piscine, pile à l'endroit où Murielle était morte.

Bien cachée dans un vestiaire, j'ai attendu patiemment que les derniers étudiants s'en aillent et que les lumières s'éteignent. Lorsque j'ai été certaine qu'il n'y avait plus personne, je me suis dirigée vers la piscine. Dès que j'ai ouvert la porte, j'ai senti une forte odeur de chlore. En frissonnant, j'ai rapidement marché vers les bancs sur le côté du bassin. Il faisait très humide et froid à cet endroit, et le fait d'entendre le bruit de l'eau contre les parois de la piscine, sans aucun autre bruit, me terrifiait. C'était beaucoup trop tranquille. Le fait d'être là, à l'endroit où Murielle était décédée, me rappelait à quel point je m'étais sentie mal quand j'avais découvert que Franklin et ses enfants étaient morts chez moi. C'était comme si je pouvais ressentir le drame.

OK, Elsie, concentre-toi.

J'ai posé mon papier, mon crayon ainsi qu'une chandelle blanche devant moi. J'étais prête à tenter d'appeler Murielle. Avant tout, j'ai respiré profondément. Je devais être le plus zen et calme possible.

En fait, il fallait éviter d'être angoissé ou d'avoir peur, puisque ça pouvait attirer de mauvais esprits. Je savais que si je réussissais, j'allais communiquer avec une entité particulièrement mauvaise. Je voulais donc mettre toutes les chances de mon côté.

J'ai pris le crayon entre mes doigts et j'ai demandé :

– Murielle ? Tu es là ?

J'ai attendu un moment. Rien. Combien de temps allais-je devoir attendre avant de savoir si ça allait marcher ?

– Si Murielle Dupont est ici, qu'elle se manifeste.

J'ai retenu mon souffle. Toujours rien. J'ai bougé pour changer de position. Je savais que, pour que l'écriture automatique fonctionne, j'allais devoir détendre mon bras et tenir le crayon le plus mollement possible. Sinon, il serait impossible pour l'esprit de contrôler mon bras afin de communiquer avec moi.

Cependant, je ne sentais absolument rien. Pas de présence autour de moi, pas de signes qu'il y avait quelqu'un et pas non plus de chatouillements dans le bras. De toute évidence, il n'y avait personne ici. J'ai décidé de tenter le coup une dernière fois.

– J'appelle l'esprit de Murielle Dupont à venir ici, devant moi, Elisabeth Duclos, et à prendre le contrôle de mon bras pour communiquer avec moi.

Il ne se passait rien.

En soupirant, j'ai rangé mes affaires dans mon sac. Je n'étais pas surprise que ça n'ait rien donné, mais j'étais déçue. Je n'étais pas plus avancée.

J'ai pris la direction de la sortie, guidée par l'application lampe de poche de mon téléphone. Mon école était terrifiante dans le noir. Je me suis dépêchée de traverser les couloirs sombres jusqu'à l'issue la plus proche de ma voiture. Je suis sortie sans difficulté, puisque les portes se fermaient de l'extérieur et non de l'intérieur. Assise dans mon auto, j'ai ouvert le chauffage et j'ai attendu quelques minutes avant de démarrer.

Et si je n'avais pas réussi à établir un contact avec Murielle parce que j'étais trop loin de son centre d'énergie ? Dans son cas, le lieu de sa mort n'était sûrement pas important. Il me fallait être plus près d'elle.

Et si… et si j'essayais d'entrer en communication avec elle dans les environs de chez madame Lacasse ? Je ne pourrais pas être directement à côté de l'objet, mais au moins j'en serais moins éloignée…

Sans réfléchir davantage, j'ai sélectionné l'adresse de Christine Lacasse dans mon GPS. Cette fois, c'était vraiment ma dernière option.

Chapitre 20

QUAND JE SUIS arrivée chez Christine Lacasse pour éviter de me faire repérer, je me suis stationnée assez loin de sa maison, et j'ai marché jusqu'à chez elle. Comme aucun lampadaire n'éclairait la rue, il m'était assez facile de me faufiler sans qu'on me voie. Je portais un pantalon noir et j'avais pris la peine de mettre une veste noire que j'avais dans ma voiture pour passer encore plus inaperçue. En prenant le chemin qui longeait la maison de madame Lacasse, je me suis rendue dans sa cour arrière. Bien entendu, je savais que je ne pourrais pas pénétrer dans sa demeure, mais peut-être qu'en étant dans sa cour, je réussirais à entrer en contact avec Murielle. Au point où j'en étais, je n'avais rien à perdre.

Seule une petite lanterne murale, à côté de la porte arrière, éclairait la cour d'un rond de lumière. Ailleurs, c'était l'obscurité totale.

N'y étant jamais venue de jour, je n'avais aucune idée des dimensions de cette cour. J'avançais tranquillement, à petits pas, non seulement pour ne pas faire de bruit, mais aussi pour ne pas mettre les pieds au mauvais endroit. Je regardais partout autour de moi, principalement par terre même si je n'y voyais pratiquement rien.

Soudain, en mettant mon pied droit devant moi, j'ai senti du vide. Paniquée, je suis tombée vers l'arrière. Mon cœur battait à tout rompre. En me relevant, j'ai lentement penché mon corps vers l'avant pour essayer de comprendre ce qui venait d'arriver.

C'est là que j'ai constaté que la maison de madame Lacasse se trouvait au bord d'une petite falaise. À bien y penser, c'était logique, puisqu'il fallait monter une grande pente pour venir jusqu'ici. C'était vraiment dangereux. Vivre au bord d'une falaise comme ça, sans aucune clôture ni panneau indiquant le danger… Ça ne devait pas être si haut que ça, mais sans doute assez pour se blesser grièvement si on tombait.

J'ai mis ma main sur mon cœur pour tenter de calmer ses battements. Ouf. Ça aurait pu être catastrophique. Doucement, j'ai reculé vers un endroit plus sûr.

Même si je risquais davantage de me faire voir, j'ai décidé de me rapprocher de la maison. Je n'avais pas envie de tomber et de me retrouver écrasée en bas de la falaise.

Mes yeux ne s'habituaient pas aussi rapidement à l'obscurité que je l'aurais voulu. Je peinais à voir ce qu'il y avait devant moi, mais je ne pouvais évidemment pas allumer la lampe de poche de mon téléphone. Toutes les lumières étaient éteintes dans la maison de madame Lacasse. Elle dormait probablement déjà, mais je ne voulais pas prendre de risques. Marchant lentement, les mains devant moi, je suis finalement tombée sur un bosquet de buissons assez haut pour que je puisse m'y cacher en m'agenouillant. Je n'étais pas trop près de la maison. Ça devrait aller.

En regardant encore autour de moi pour m'assurer qu'il n'y avait personne, je me suis installée à genoux dans les buissons. J'ai mis devant moi la feuille de papier et le stylo. Contrairement à la première fois, je n'avais pas beaucoup d'espoir. Mes chances de réussite me semblaient encore plus faibles, d'autant plus qu'il devait faire au-dessous de zéro et que j'étais complètement congelée et épuisée. J'étais consciente d'être loin des conditions idéales pour pratiquer l'écriture automatique, mais je devais au moins essayer.

J'ai allumé la petite bougie blanche en faisant en sorte de cacher sa lueur. Au moment où j'ai voulu la planter dans le sol, un coup de vent l'a éteinte. Fronçant les sourcils, j'ai tenté une autre fois de l'allumer. Rien à faire, elle s'éteignait aussitôt.

J'ai décidé de ne pas m'acharner. Après tout, la bougie blanche était une forme de protection afin d'éloigner les esprits malveillants. Dans mon cas, je tentais de communiquer avec l'un d'entre eux. La protection devait donc être inutile.

Je me suis étirée discrètement, puis je me suis installée de nouveau le plus confortablement possible, prête à offrir mon bras à Murielle. J'étais beaucoup plus nerveuse qu'à la piscine. Non seulement je doutais que ça fonctionne, mais je tremblais de froid et j'avais peur de me faire repérer par madame Lacasse ou par un voisin qui appellerait la police. J'ai pris une grande respiration, puis je me suis lancée.

– Est-ce que Murielle est ici ?

J'avais à peine fini de prononcer ces mots à voix basse qu'un énorme souffle d'air a traversé tout mon corps. Soudain, j'ai senti une tension dans mon bras, comme si quelqu'un en avait pris possession.

Et c'est là que j'ai vu ma main se mettre à écrire toute seule.

J'arrivais à peine à contenir ma joie. Ça avait fonctionné !

Sans comprendre ce qui m'arrivait, je voyais ma main écrire à toute vitesse sur la feuille de papier. L'écriture n'était évidemment pas la mienne, puisque je n'avais pas conscience de ce que j'écrivais. J'étais en revanche parfaitement consciente de moi et de tout ce qui se passait autour, sauf de mon bras. C'était complètement irréel. Tout mon membre était tendu, comme si on tirait sur mes muscles. J'essayais de garder mon bras le plus mou possible pour laisser à Murielle la chance d'écrire tout ce qu'elle avait à dire.

Comme il faisait très sombre, je n'arrivais pas à distinguer ce qui était écrit sur le papier devant moi. J'avais beau plisser les yeux, les ouvrir plus grand ou me pencher davantage vers la feuille, je ne voyais toujours rien. J'ai décidé de prendre mon téléphone dans mon sac et d'ouvrir l'écran pour avoir un peu de lumière. Tant pis si quelqu'un m'apercevait ; au moins, j'aurais des réponses.

Lorsque j'ai réussi à allumer mon téléphone et à l'approcher de la feuille, j'ai constaté que celle-ci était déjà à moitié pleine. L'écriture était mal formée, mais c'était relativement lisible. Ma main écrivait toujours, totalement déconnectée du reste de mon corps. J'ai commencé à lire.

J'ai toujours voulu être populaire. Depuis mon enfance, j'avais l'impression de ne pas être traitée à ma juste valeur. Je n'ai jamais compris pourquoi les gens ne m'aimaient pas. Alors, quand j'ai enfin réussi à me faire inviter à une soirée, je me suis dit que j'allais leur prouver que j'étais digne de leur amitié.

Ce n'est pas ce qui est arrivé. À part Christine et Liliane, les garçons et les filles qui étaient là m'ont à peine saluée. C'était comme si je n'existais pas. Comme personne ne faisait attention à moi, j'ai décidé d'aller dans la piscine. Je ne savais pas nager, mais je me disais que mes cris allaient forcément alerter quelqu'un qui viendrait me sauver. Ce n'est pas arrivé. J'étais tellement paniquée que je n'arrivais pas à crier. Je me débattais, essayant de garder la tête hors de l'eau. J'ai perdu connaissance au moment où j'ai senti l'eau entrer dans mes poumons. Je suis morte en silence, sans que personne s'en rende compte.

Pendant quelque temps, mon esprit ne faisait qu'errer dans l'école. Je n'étais pas en mesure de faire quoi que ce soit. J'étais comme coincée entre deux mondes. C'est Christine qui m'a donné de la puissance lorsqu'elle m'a contactée avec le jeu de Ouija. Quand je me suis réveillée, j'ai réalisé que j'étais bel et bien morte.

Tout ce que je ressentais, c'était un grondement de colère intense en moi. J'ai demandé à Christine ce qui s'était passé après mon décès. Il y avait bien eu un maigre article dans le journal de Clarmont, mais aucun autre média n'avait parlé de ma mort. Pratiquement personne n'était venu à mes funérailles. Apparemment, personne, à part Christine, ne s'ennuyait assez de moi pour tenter de me contacter. Pas même mon autre meilleure amie, Liliane. Dans la vie comme dans la mort, j'étais invisible.

C'est alors que j'ai demandé à Christine de m'aider à me venger. Parce qu'il était hors de question qu'on m'oublie comme ça. C'est pour cette raison que j'ai décidé de tuer la jeune Nadine. Pile un an après ma mort, ça allait me faire un bel hommage. Même journée de décès, même âge, même ville. Les circonstances n'étaient pas pareilles, bien sûr, mais on allait faire le parallèle entre les drames qu'étaient nos morts. On allait enfin m'accorder l'attention que je méritais.

Christine a invité Nadine à jouer au Ouija avec elle. C'est là que j'ai pu prendre le contrôle de son esprit. C'est moi qui l'ai forcée à mettre le feu chez elle. C'est moi qui l'ai forcée à se réfugier dans une pièce. C'est moi qui l'ai empêchée de sortir, jusqu'à ce que la fumée l'incommode au point qu'elle s'évanouisse. Après, je l'ai regardée brûler. Je me suis sentie puissante, bien plus puissante que de mon vivant. Sa mort, tout juste un an après la mienne, allait m'apporter un sentiment de sérénité et d'accomplissement. Comme tout le monde se rappellerait ma mort tragique un an auparavant, je pourrais enfin être sous le feu des projecteurs. J'allais enfin avoir l'attention que je méritais.

Ce n'est pas ce qui est arrivé. Personne n'a pensé à moi. Tout le monde ne parlait que de Nadine et de sa mort atroce. Comme de mon vivant, tout le monde m'ignorait. Mais ça n'allait pas se passer comme ça.

Le sentiment de puissance que j'avais ressenti en forçant Nadine à mourir était beaucoup plus satisfaisant que ce que j'aurais pu espérer. C'est pourquoi j'ai décidé de continuer. Je voulais ma revanche.

Soudain, ma main a cessé d'écrire. La feuille était remplie de haut en bas. Je sentais une douleur dans mon poignet, mais pas assez pour m'empêcher de continuer. J'ai tourné la feuille de l'autre côté, fait craquer mon poignet et je me suis remise en position. Selon ce que j'avais lu sur Internet, il valait mieux de ne pas poser de questions et laisser à l'entité le contrôle total de ce qu'elle souhaitait partager. Cela dit, je n'avais pas encore les réponses à toutes mes questions et j'avais peur de rester dans le néant si je ne les posais pas.

– Quand est-ce que ta vengeance va s'arrêter ? Tu n'en as pas assez de faire souffrir des innocentes ?

Aussitôt ma question posée, j'ai de nouveau senti que quelque chose prenait le contrôle de mon bras et continuait d'écrire. Je me suis mise à lire rapidement pour m'assurer de garder le même rythme que Murielle.

Jamais. Plus les années passent, plus ma soif de vengeance grandit. J'ai perdu la vie à 17 ans. Je n'ai pas eu la chance de vieillir et de vivre la vie dont j'avais rêvé. Ça me semble juste que d'autres filles n'aient pas non plus la chance de vivre.

J'ai commencé à frissonner et à avoir la nausée. Mais quelle horrible, terrible façon de penser ! Murielle était vraiment une entité malveillante. Elle était même démoniaque. J'ai décidé de tenter le tout pour le tout. Les entités n'ont en général pas d'émotions, mais peut-être serait-ce différent avec Murielle. Je ne savais pas si le chantage émotif allait changer quoi que ce soit, mais c'était ma dernière option.

– Ta victime, cette année, c'est la petite-fille de Liliane. Ton amie. Tu as un désir de vengeance, d'accord, mais pourquoi faire souffrir ton amie de longue date ? Ce n'était pas sa faute ! Ce n'était la faute de personne... À part la tienne.

Je savais que je prenais un gros risque en disant cela. Partout, on insistait sur le fait qu'il fallait éviter à tout prix de contrarier une entité. Et je venais carrément d'insulter celle-ci.

J'ai senti une énorme crampe dans mon bras, comme si on le tordait d'un côté et de l'autre. J'ai vite compris que Murielle voulait me faire savoir que j'avais dépassé les limites. Ça faisait terriblement mal, mais je devais me retenir de hurler pour n'alerter personne. Au bout de quelques secondes qui m'ont paru interminables, ma main s'est remise à écrire.

> *Liliane Gagnon n'a jamais essayé de me contacter après ma mort. Jamais. C'est comme si je n'avais pas été importante pour elle. C'est pourquoi elle mérite de souffrir, elle aussi.*

– Mais qu'est-ce que ça peut bien changer pour toi ? Tu es morte depuis des années !

J'ai encore senti mon bras se tordre. J'ai difficilement réussi à contenir mon cri. Je me suis mordu les lèvres le plus fort que je pouvais, jusqu'à ce que la douleur cesse.

OK, Elsie, contrôle-toi ! Laisse-la finir de parler…

> *Si je n'ai pas pu vivre, pourquoi est-ce que ce serait différent pour elles ? J'ai vu ma vie s'arrêter à 17 ans, ce qui est parfaitement injuste. Je ne peux pas être la seule dans cette situation. Elles méritent de mourir. Toutes.*

– C'est pour ça que tu continues de tuer des filles ? Parce qu'on t'a oubliée ? Mais ça fait presque cinquante ans de cela, c'est normal que les gens t'aient oubliée !

Cette fois, mon corps au complet a été projeté vers l'avant. Complètement couchée par terre, j'avais l'impression qu'on était en train d'écraser mon bras. J'avais terriblement mal, mais c'était à peine si j'arrivais à le sentir. Lorsque Murielle a eu fini de me punir, je me suis relevée péniblement, frigorifiée. Bravement, je me suis remise en position, crayon en main, pour terminer notre séance.

Je me doutais qu'il serait impossible de raisonner Murielle. Après presque cinquante ans de rage et de déni, elle était totalement déchaînée.

J'ai pris une grande respiration pour lui poser ma dernière question.

– Est-ce que je peux faire quelque chose pour sauver Clara ?

Contrairement aux fois précédentes, ma main ne s'est pas mise à bouger immédiatement. Il a fallu une bonne minute avant que je sente la sensation maintenant familière que quelqu'un d'autre utilisait mon bras.

Jusqu'à présent, je me suis contentée de tuer une fille à plusieurs années d'intervalle pour éviter qu'on fasse le lien entre leurs morts. Mais j'en ai assez d'attendre, maintenant. J'ai besoin de plus.

Longtemps, j'ai fait profil bas pour protéger Christine. Mais je m'en fous, maintenant. On ne peut plus rien faire contre moi.

Et si tu continues de t'en mêler, tu vas mourir aussi.

En lisant cette phrase, j'ai lancé mon crayon le plus loin possible de moi. Mon cœur battait à tout rompre et j'avais encore une énorme envie de vomir.

Je n'avais évidemment aucun moyen de savoir si j'avais réellement parlé avec Murielle… Mais, au fond, je savais que c'était elle. Elle seule pouvait connaître les informations qu'elle m'avait données.

Je me suis mise à secouer vigoureusement mon bras. Même si Murielle n'en avait pris possession que quelques minutes, c'était déjà trop et je voulais m'assurer qu'elle était partie. J'ai aussitôt glissé ma main dans mon sac et j'en ai sorti un petit pot contenant du sel. Je l'ai lancé partout autour de moi afin d'être bien certaine que Murielle s'en aille.

Je ne sentais plus vraiment sa présence, mais je n'arrivais pas à m'en détacher. J'avais quand même l'impression qu'elle restait là.

Murielle était entièrement consciente de ce qu'elle faisait et c'est ça qui était le pire, je pense. Elle ne songeait qu'à sa vengeance et, avec l'aide de madame Lacasse, il était pratiquement impossible de les arrêter.

Sauf si je détruisais le jeu de Ouija.

Je revenais à mon plan initial.

Chapitre 21

ENCORE ASSISE SUR le sol, je sentais mes genoux s'engourdir de froid. Je tremblais, mais je ne savais pas si c'était parce que j'étais congelée, parce que j'étais terrifiée ou encore parce que je sentais encore la présence de Murielle près de moi. En fait, c'était les trois, je crois. Je voulais partir de là et retourner au chaud dans ma voiture, mais je n'en avais pas la force. J'étais complètement vidée.

Je savais que ces effets secondaires étaient normaux après une séance de spiritisme, mais, là, c'était pire que tout. J'avais l'impression qu'un camion m'était passé dessus. C'est comme si mon corps ne savait plus comment réagir à la suite de telles confessions. J'ai de nouveau secoué mon bras, juste pour être bien certaine que Murielle ne s'y était pas accrochée.

Pendant que je réfléchissais, je me suis frotté les mains d'un mouvement rapide pour me réchauffer. Moi qui croyais avoir vécu les pires moments de ma vie au printemps avec Franklin… je n'étais pas au bout de mes peines avec Murielle. C'était un esprit vengeur, mais bien pire que ce que j'aurais pu m'imaginer.

Si la plupart des entités ne savent pas qu'elles font le mal autour d'elles, c'était tout le contraire pour Murielle. Son désir de vengeance et sa rage devenaient de plus en plus forts au fil des années et elle semblait prête à tout pour parvenir à ses fins.

Le pire dans tout ça, c'est qu'elle n'était pas seule. Elle avait quelqu'un, dans le monde physique, pour lui fournir des victimes. Une esclave, presque.

J'en suis venue à me demander si Christine Lacasse était vraiment aussi inhumaine que ça, ou si c'était Murielle qui modifiait son comportement pour en faire son esclave. Ça avait du sens. Après tout, mon père n'avait jamais fait de mal à une mouche avant d'être possédé par Franklin. Il n'avait même jamais haussé le ton devant ma mère ou moi. Pourtant, il avait bien failli me tuer. Peut-être était-ce la même chose pour madame Lacasse.

Je me raccrochais à cet espoir. Il était impossible qu'elle soit si mauvaise. Une personne qui voue sa vie à l'enseignement ne peut pas être complice de meurtres de sang-froid. Jusqu'à tout récemment, j'avais beaucoup d'estime pour elle.

Il fallait que ça soit ça.

Il fallait que je réussisse à la convaincre de m'aider à détruire Murielle.

Lentement, j'ai ramassé mes affaires. J'ai pris soin de mettre la feuille de papier et le crayon dans mon sac à dos sans trop les toucher. Je voulais être le moins possible en contact avec ces objets. Toujours le plus discrètement possible, je me suis dirigée vers ma voiture, regardant sans cesse autour de moi pour m'assurer qu'il n'y avait personne. En état de choc, j'arrivais à peine à réaliser ce que je venais d'apprendre. Plus que jamais, je savais que j'allais devoir trouver un moyen d'arrêter Murielle.

Évidemment, je voulais sauver Clara. J'avais déjà vécu un deuil immense après la perte de Francine. Bien sûr, j'étais moins attachée à Clara que je ne connaissais pas depuis très longtemps, mais je ne me sentais pas la force de vivre de nouveau la perte d'une amie... Surtout en sachant que je serais en partie responsable de sa mort.

L'autre raison pour laquelle il fallait que je détruise Murielle, c'est qu'elle m'avait bien fait comprendre qu'elle ne s'arrêterait jamais. Plus le temps avançait et plus son désir de vengeance était puissant. Si je ne lui enlevais pas ses pouvoirs maléfiques, j'aurais, tôt ou tard, d'autres morts sur la conscience. Je n'étais pas Christine Lacasse. Il était hors de question que je reste comme ça, sans rien faire.

Je DEVAIS me débarrasser de Murielle Dupont une bonne fois pour toutes.

Mais il m'était impossible de le faire si je n'avais pas accès à son centre d'énergie. Le jeu de Ouija étant sa seule attache terrestre, elle ne pourrait plus rester ici et continuer à faire du mal aux gens.

Je me suis mise à réfléchir.

J'ai pris une grande inspiration. OK. Une étape à la fois. J'allais tout d'abord appeler Felix pour lui raconter ce qui venait de se passer. Même si je savais qu'il n'était pas vraiment d'accord avec mes choix, je ne pouvais rien lui cacher.

J'ai mis ma main dans ma poche arrière pour prendre mon téléphone. Il n'y était plus.

– Merde !

J'avais dû le laisser tomber en me relevant dans les buissons. J'ai frappé mon volant de frustration. Comme je devais appeler Felix, j'étais bien obligée d'aller le récupérer. De toute façon, si madame Lacasse le trouvait dans sa cour, elle saurait tout de suite que j'étais venue.

Après avoir bien fait attention de ne pas claquer ma portière, je suis repartie. Juste au moment où j'allais passer devant la porte, j'ai vu du coin de l'œil la lumière du portique s'allumer.

Paniquée, je me suis jetée par terre. Comme j'étais habillée tout en noir, j'espérais qu'on ne me verrait pas dans l'obscurité. Je n'osais pas lever les yeux pour vérifier si c'était madame Lacasse. Au bout de quelques secondes qui m'ont paru une éternité, la lumière s'est éteinte et la porte s'est refermée.

Je suis restée couchée sur le sol froid pendant au moins cinq minutes, juste pour m'assurer que la personne qui se trouvait là était bel et bien partie. Je me suis relevée doucement, et je me suis dirigée à quatre pattes vers la cour arrière le plus vite possible. Je me disais que si jamais quelqu'un m'apercevait, il me confondrait peut-être avec un animal sauvage. Je me suis approchée des buissons où je m'étais cachée un peu plus tôt. En tâtant le sol avec mes mains, j'ai finalement agrippé ce qui semblait être mon téléphone.

Ouf. C'était bien lui.

Je suis revenue en courant à ma voiture. Tant pis si on me voyait. De toute façon, j'allais bien devoir me montrer bientôt.

En entrant dans mon auto, j'ai composé le numéro de téléphone de Felix. Je n'avais aucune idée de la façon dont j'allais lui expliquer tout ça, mais j'espérais qu'il ne me laisserait pas tomber et qu'il accepterait de venir m'aider.

Chapitre 22

APRÈS AVOIR APPELÉ Felix, je suis restée dans ma voiture le temps qu'il arrive. J'avais réussi à lui expliquer en moins de quelques minutes tout ce que Murielle avait écrit, ce qui relevait de l'exploit, tellement j'avais de choses à lui dire. Quand je m'étais tue, il était resté silencieux un moment. Je me doutais bien qu'il n'était pas enchanté de ce que je venais de faire. J'avais pris de gros risques, sans lui. Mais, bien sûr, fidèle à lui-même, il m'avait dit de l'attendre et de ne rien tenter sans lui. Je lui avais envoyé ma localisation par GPS et il m'avait dit qu'il viendrait me rejoindre aussi rapidement qu'il le pourrait.

Ça me laisserait du temps pour préparer un plan. Je ne ferais pas la même erreur qu'avec Franklin : cette fois, je serais prête.

Ou du moins, aussi prête que possible alors que je m'apprêtais à m'attaquer à une entité diabolique.

J'étais toujours aussi frigorifiée, mais je ne voulais pas allumer le chauffage de peur qu'on entende le bruit de ma voiture. En fouillant sur le siège arrière, j'ai réussi à trouver des gants, que j'ai aussitôt enfilés. Au moins, ça allait réchauffer mes mains. Sachant que Felix n'arriverait pas avant au moins quarante minutes, j'ai incliné le dossier de mon siège vers l'arrière et je me suis installée dans une position confortable, les yeux fermés. Je ne voulais pas dormir ; j'avais juste besoin de quelques minutes de repos. J'étais épuisée de ma séance d'écriture automatique avec Murielle et j'aurais aimé regagner des forces avant d'aller affronter Christine Lacasse.

Toujours les yeux fermés, je me suis mise à réfléchir à un plan d'action.

OK, alors, je savais que Murielle était une entité malveillante qui était prête à tout pour accomplir le mal autour d'elle. Il fallait non seulement l'arrêter, mais également s'assurer que madame Lacasse ne s'attaquerait pas à nous lorsque nous détruirions le jeu de Ouija. Une fois son centre d'énergie anéanti, la seule attache terrestre de Murielle serait brisée, ce qui fait qu'elle ne pourrait pas rester sur Terre.

Dit comme ça, ça me semblait simple. Cependant, beaucoup d'éléments ne dépendaient pas de notre bonne volonté.

Et si madame Lacasse refusait de nous ouvrir la porte ? C'était très possible. Je n'étais qu'une de ses étudiantes et je n'avais pas à me rendre chez elle, surtout un lundi si tard. De plus, notre dernière rencontre ne s'était pas spécialement bien déroulée… J'avais découvert la vérité et elle se douterait que je ne revenais pas chez elle pour discuter calmement.

Je me suis mise à espérer qu'elle dormait déjà. Si nous étions en mesure d'ouvrir la porte sans qu'elle le sache, nous pourrions voler le jeu, partir loin d'ici pour le détruire et elle ne saurait jamais que c'était moi.

Mais, pour cela, il fallait être capable de crocheter la porte, ce qui semblait beaucoup plus simple dans les films que dans la vraie vie, ET de trouver le jeu de Ouija. La fois où j'étais entrée dans la maison, j'avais cru l'apercevoir dans une petite bibliothèque en verre… Mais est-ce que c'était le bon jeu ? Si ce l'était, peut-être Christine Lacasse l'avait-elle déplacé pour éviter que quelqu'un y ait accès. Surtout, est-ce que je risquais quelque chose si je ne faisais que toucher le jeu ? Je ne voulais pas me retrouver possédée à mon tour ni mettre Felix en danger. Forcer la porte de la maison me semblait déjà assez dangereux. Entrer quelque part par effraction était aussi un acte criminel puni par la loi, mais je me disais que c'était moins pire que de mettre le feu chez quelqu'un. Je m'occuperais des conséquences en temps et lieu.

Si jamais Felix n'était pas d'accord avec mon plan, nous pourrions bien sûr sonner à la porte comme des personnes normales. Si je me cachais derrière Felix, peut-être que madame Lacasse ne me verrait pas et déciderait d'ouvrir la porte. Je pourrais me précipiter à l'intérieur, détruire le jeu pendant que Felix détournerait l'attention de la professeure, et tout serait terminé… Sauf si elle refusait de nous ouvrir la porte. Retour à la case départ.

Autre possibilité : madame Lacasse nous ouvrait la porte et acceptait de nous parler. J'essayais alors de la convaincre qu'elle n'était pas ce genre de personne. Que c'était Murielle qui la possédait depuis tant d'années.

Je me souvenais que lorsqu'il était possédé par Franklin, mon père avait parfois des moments de lucidité où il était possible de lui parler. Peut-être serait-ce la même chose avec madame Lacasse. Bien sûr, elle était sous l'emprise de Murielle depuis beaucoup plus de temps que mon père ne l'avait été de Franklin. Peut-être était-il trop tard, mais ça valait la peine d'essayer. Détruire le Ouija serait beaucoup plus simple si madame Lacasse était de notre côté.

Si rien de tout cela ne fonctionnait… il y avait toujours l'exorcisme.

Je me suis mise à rire à l'idée de devoir réaliser un exorcisme. Ça semblait bien simple dans les films ou dans les livres, mais en réalité c'était une autre histoire. Je n'avais ni les connaissances ni les compétences voulues pour accomplir un tel rituel. D'ailleurs, il me semblait que, pour porter fruit, l'exorcisme devait obligatoirement être pratiqué par un prêtre. Je n'en connaissais pas, et je me disais que, si tard un lundi soir, il serait probablement difficile pour moi de trouver quelqu'un qui voudrait exorciser madame Lacasse.

OK, mauvaise idée.

Au même moment, j'ai entendu le bruit d'un moteur. Je me suis lentement redressée pour m'assurer que c'était bien Felix. Comme je le lui avais demandé, il avait éteint ses phares en s'engageant dans la rue et il conduisait le plus doucement possible pour ne pas risquer d'alerter qui que ce soit. Lorsque j'ai été certaine qu'il s'agissait bien de sa voiture, je suis moi-même sortie de mon véhicule en prenant soin de laisser la portière ouverte. Je me suis précipitée vers lui pour le prendre dans mes bras.

– Hé ! Ça va ? Tu n'as rien ?

– Non, ça va. Juste un peu secouée, mais c'est plutôt normal, ça.

Felix m'a serrée contre lui. En me dégageant de son étreinte, je lui ai fait signe de s'asseoir avec moi dans ma voiture pour qu'on puisse discuter de ce qu'on allait faire. Je lui ai exposé toutes mes réflexions de la dernière heure, curieuse de savoir ce qu'il allait en penser. Au fond de moi, j'espérais qu'il aurait de meilleures idées. Lorsque j'ai eu terminé de parler, il est resté songeur.

– Il n'y a pas de bon plan. Tout ça, c'est trop imprévisible, Elsie. Je ne suis pas certain qu'on devrait faire ça…

– Et on laisse Clara mourir ? On laisse Murielle tuer des innocentes à intervalles réguliers ? Tu pourrais vivre avec toi-même sachant que mon amie est morte à cause de nous ? Que chaque fois qu'une jeune fille de dix-sept ans meurt à Clarmont, c'est en partie de notre faute ?

– Je n'ai pas envie de nous mettre en danger pour les autres… Avec ton père, c'était différent. C'était toi, ta famille. Là, ce sont principalement des gens que nous ne connaissons pas. Quand tu auras terminé tes études, tu ne resteras pas à Clarmont, non ? Avant de venir dans cette ville, tu ne savais rien de cette histoire. Tu n'en sauras pas plus le jour où Clarmont sera une chose du passé pour toi.

J'ai regardé Felix avec dégoût. Est-ce qu'il venait vraiment de dire ça ?

– Je ne peux pas te croire ! C'est horrible, ce que tu dis !

– C'est horrible de vouloir sauver nos vies avant celles des autres ? Je ne crois pas, non.

Felix m'a regardée en soupirant.

– Elsie… je ne veux pas qu'il t'arrive quoi que ce soit… Vivre sans toi… ça serait impossible. Je comprends ton désir de sauver ton amie… et les autres… mais parfois on ne peut rien faire et il faut l'accepter.

– Non, justement ! On PEUT faire quelque chose ! On peut détruire le jeu de Ouija et empêcher que ça se produise de nouveau.

Furieuse, j'ai ouvert la portière de la voiture et je l'ai claquée très fort. Au diable le bruit, j'allais employer les grands moyens pour arrêter madame Lacasse.

– Elsie, arrête, attends !

Je marchais à grands pas, si bien que Felix me suivait au pas de course en parlant à voix basse. Je me dirigeais vers la maison de madame Lacasse, déterminée à régler le problème le soir même. Peu importe la manière dont je m'y prenais. Avec ou sans l'aide de Felix.

J'ai tout d'abord frappé à la porte. Je n'ai pas eu de réponse.

J'ai frappé encore une fois, beaucoup plus fort, exaspérée.

Sans attendre plus longtemps, j'ai mis ma main sur la poignée et j'ai poussé.

La porte n'était pas fermée.

J'ai regardé Felix avec surprise. Il ne s'attendait pas à ça, lui non plus. Nous sommes donc entrés dans la maison, plongée dans la pénombre, dans le silence.

En avançant dans le salon, j'ai commencé à douter. C'était beaucoup trop simple, tout ça. Quelles étaient les chances que la porte soit déverrouillée pile au moment où nous en avions besoin ?

– Felix ? Je ne crois pas que ce soit une bonne idée, finalement…

Soudain, toutes les lumières se sont allumées. Felix et moi nous sommes figés, comme des voleurs pris sur le fait. C'était un peu ce que nous étions, en fait. Des voleurs.

J'ai aussitôt aperçu Christine Lacasse, assise sur une marche de l'escalier, une télécommande de lumière à la main. Elle était vêtue d'une robe de chambre qui semblait sortir directement des années 1950. Elle paraissait tout à fait alerte, pas du tout comme si nous l'avions réveillée. Depuis combien de temps était-elle là ? Je me suis mise à regarder autour de moi. Plus que jamais, sa maison me foutait la trouille.

– Ah, Elsie, je me demandais quand tu allais me faire le plaisir de venir me voir ! Et tu n'es pas venue seule, en plus ! Ça a pris du temps, dis donc ! Je croyais que tu allais venir bien plus vite que ça.

Elle m'avait bien vue, tout à l'heure. Pourquoi ne m'avait-elle pas affrontée avant ?

– Je suis venue pour finir ce que j'ai commencé plus tôt.

– Ah bon ? Et qu'est-ce que ça peut bien être ? m'a-t-elle demandé sur un ton sarcastique.

– Détruire Murielle.

Madame Lacasse a émis un rire diabolique. Je ne l'avais jamais vue comme ça. Elle était le stéréotype même de la femme possédée par un démon, comme on peut voir dans les films.

Malgré moi, mes lèvres se sont mises à trembler. J'avais froid, j'étais épuisée et j'avais peur, mais je devais continuer. Il ne fallait pas que je craque.

– Madame Lacasse... pendant toutes ces années, vous avez été sous l'emprise de Murielle. Je SAIS que vous n'êtes pas comme elle. Je sais pertinemment qu'au fond de vous, vous êtes une bonne personne. N'en avez-vous pas assez de ne pas contrôler votre vie ? Arrêtez de donner du pouvoir à Murielle. Vous n'avez pas besoin d'elle.

Christine Lacasse m'a regardée avec une expression de dégoût.

– N'as-tu jamais entendu l'expression « à la vie, à la mort » ?

– Bien sûr que oui… Mais quel est le rapport avec… ?

Madame Lacasse m'a coupé la parole, furieuse.

– Eh bien, c'est exactement ça ! Murielle et moi, nous étions amies. À la vie, à la mort. C'est ce que nous nous étions promis. C'était ça, notre amitié. Ça l'est encore. Même si elle est morte. Je lui avais promis de toujours être là pour elle, dans les bons comme dans les mauvais moments ! Et c'est ce que je fais depuis presque cinquante ans !

– Même si ça implique la mort d'adolescentes innocentes ?

J'essayais par tous les moyens de la faire culpabiliser. J'avais besoin de savoir si Christine Lacasse était bel et bien contrôlée par Murielle ou si elle agissait de son propre chef. Si je pouvais briser sa carapace une seule seconde, peut-être arriverais-je à avoir une réponse… et à la raisonner.

Je la fixais, sans cligner des yeux. Je ne voulais pas détourner mon regard du sien.

– Je te l'ai déjà dit, Elsie : je n'ai rien fait, moi. C'est Murielle qui a convaincu ces jeunes filles de mettre fin à leurs jours.

Cette fois, c'est Felix qui a pris la parole.

– Et ça signifie que c'est acceptable ? Vous pensez que vous n'avez rien à vous reprocher ?

Vous rendez-vous seulement compte du nombre de familles qui ont été détruites par Murielle et vous ?

– MAIS JE N'AI RIEN FAIT ! Je ne suis qu'une marionnette dans son plan.

Je me suis tournée vers Felix, recherchant de l'appui.

– Non, justement ! Vous n'êtes pas qu'une marionnette. Sans vous, Murielle n'est rien. C'est VOUS qui lui donnez sa puissance. Vous avez le pouvoir de tout arrêter une fois pour toutes ! N'aimeriez-vous pas retrouver votre vie d'avant ? Une vie sans elle ?

Madame Lacasse m'a alors jeté un regard que je pourrais qualifier de démoniaque. Ce regard, je l'avais déjà vu auparavant. C'étaient les mêmes yeux qu'avait mon père lorsqu'il était possédé par Franklin.

– Et tu crois vraiment qu'on peut se débarrasser de moi comme ça ?

Christine Lacasse avait parlé d'une voix lugubre qui n'était pas la sienne. C'est à cet instant que j'ai eu la confirmation qu'elle était possédée par Murielle, puisque c'était elle qui s'était exprimée. Exactement comme mon père quand Franklin avait réussi à prendre entièrement le contrôle de son corps et de sa tête. Madame Lacasse n'avait pas agi en toute connaissance de cause ces dernières années.

Elle avait été guidée, bien malgré elle, par une entité malveillante qui se servait d'elle.

J'ai décidé de tenter le tout pour le tout.

– Vous pensez réellement que Murielle est votre meilleure amie ? Qu'est-ce que vous pensez qu'il va arriver lorsque vous allez mourir, hein ? Vous n'êtes pas éternelle.

– Murielle m'a promis que tant que je l'aiderais, je vivrais. Ne trouves-tu pas que j'ai l'air jeune pour quelqu'un de près de soixante-dix ans ?

Elle marquait un point important. Madame Lacasse avait en effet l'air très jeune pour une dame de presque soixante-dix ans.

Cependant, je savais que Murielle bluffait. Aucune entité n'avait le pouvoir de garder un humain en vie à tout jamais. Elle pouvait retarder sa mort, mais pas l'arrêter. Je me suis mise à rire.

– Et vous êtes vraiment stupide au point de croire que c'est vrai ? Comme si Murielle en avait quelque chose à foutre de vous ! Ça aurait pu être n'importe qui à votre place. Elle avait juste besoin d'un pantin pour l'aider !

– MURIELLE, C'EST MA MEILLEURE AMIE ET JE SERAI TOUJOURS LÀ POUR ELLE. À LA VIE, À LA MORT.

En hurlant, les yeux remplis de rage, madame Lacasse s'est dirigée vers moi, jeu de Ouija en main. J'ai commencé à paniquer. Est-ce qu'elle voulait que je touche le jeu pour que je sois la prochaine victime de Murielle ?

Alors qu'elle s'approchait rapidement de moi, j'ai bondi sur le côté. Mais elle ne s'est pas arrêtée. Elle a continué d'avancer, jusqu'à ce qu'elle arrive devant le feu de foyer.

Avant même que je sois en mesure de saisir ce qui se passait, elle a lancé l'objet dans le feu.

Je l'ai regardée, complètement ébahie de ce qu'elle venait de faire. Je ne comprenais plus rien.

Avait-elle eu un éclair de lucidité et était-elle de notre côté ? Murielle avait-elle été détruite ? En état de choc, j'ai jeté un coup d'œil à Felix, qui avait exactement la même réaction que moi.

Devant nos visages ahuris, madame Lacasse a éclaté de rire en pointant l'index vers le feu. Nos regards se sont tournés vers la cheminée.

Malgré la puissance des flammes, le Ouija était encore là, bien entier. Les flammes se promenaient autour, sans toutefois le brûler. C'était impossible…

– Tu vois, Elsie, Murielle est devenue tellement puissante qu'il est impossible de détruire le jeu.

Madame Lacasse s'est avancée et a mis sa main entière dans la cheminée pour en retirer le jeu, ne semblant pas du tout incommodée par les flammes. Elle l'a doucement secoué pour faire tomber les débris qui le recouvraient et l'a essuyé sur sa robe de chambre.

J'avais les larmes aux yeux. J'ai regardé Felix, désespérément impuissante. Il m'avait été impossible non seulement de raisonner Christine Lacasse, mais aussi de détruire le centre d'énergie de Murielle.

Mais qu'est-ce que j'allais faire ?

Soudain, j'ai senti une rage profonde m'envahir. Il était hors de question que je la laisse gagner. Que je LES laisse gagner. Si je ne les arrêtais pas, personne ne le ferait. Je sentais une colère immense gronder en moi.

Dans un dernier élan d'espoir, j'ai pris le verre d'eau qui traînait sur la table à côté de moi et je l'ai lancé en direction de madame Lacasse.

Le verre a éclaté contre le mur derrière elle. Surprise, elle s'est penchée pour éviter que les éclats de verre ne la blessent.

C'était maintenant ou jamais.

J'ai profité de cet instant d'inattention de sa part pour courir vers elle et la plaquer par terre de toutes mes forces.

Chapitre 23

JE NE SAIS pas trop comment je m'y suis prise, mais j'ai réussi à arracher le Ouija des mains de Christine Lacasse. Comme elle ne s'y attendait pas, elle est restée inerte quelques secondes. Je pense que sa tête avait cogné sur le sol parce qu'elle paraissait un peu sonnée. De mon côté, j'étais tombée sur mon poignet, celui que je m'étais cassé au printemps. J'ai senti une terrible douleur traverser mon corps au complet. Je n'ai pas pris la peine de regarder s'il était de nouveau cassé ou non. Ça pouvait attendre.

Je me suis relevée aussi vite que j'ai pu sans mettre de pression sur mon poignet. Madame Lacasse était toujours étendue par terre, l'air hébété. Ça m'a donné une longueur d'avance pour m'enfuir. J'ai couru jusqu'à la porte qui donnait sur la cour arrière. Je tenais le jeu de Ouija serré contre moi afin de m'assurer qu'il ne tomberait pas. En tournant la poignée, j'ai poussé la porte avec mon épaule droite, luttant contre la bourrasque de vent qui menaçait de la refermer contre moi. Une fois dehors, je me suis dépêchée de me rendre le plus loin possible dans la cour. Il fallait que je gagne du temps.

Alors que j'étais en train d'installer le jeu de Ouija par terre, j'ai entendu le carillon de la porte sonner, signe que quelqu'un venait de l'ouvrir. En relevant les yeux, j'ai vu madame Lacasse qui courait vers moi.

Dans la pénombre, je n'arrivais pas à distinguer grand-chose, à part ses yeux, qui semblaient brûler de rage.

Je devais faire vite.

Au moment où madame Lacasse s'est élancée vers moi pour me reprendre le jeu des mains, j'ai roulé sur moi-même pour m'éloigner d'elle.

J'étais au bord de la falaise. Quelques pas de plus et je pourrais facilement me retrouver tout en bas.

Tant pis. Je n'avais plus de temps à perdre.

– ELSIE, ARRÊTE, TU VAS TOMBER !

J'entendais à peine Felix me crier de m'arrêter et de reculer. Je ne l'écoutais pas. Je savais ce que je devais faire.

J'avais déjà vaincu Franklin. Murielle ne me faisait pas peur.

Je devais tout faire pour l'arrêter, coûte que coûte.

Même si je savais que j'allais mettre ma vie en danger.

Je ne pouvais peut-être pas détruire le jeu dans l'immédiat, mais je savais que je trouverais une solution plus tard. En attendant, je devais faire quelque chose pour sauver Clara.

Mais si je ne pouvais pas m'assurer de la protéger… je pouvais peut-être prendre sa place.

J'ai de nouveau déposé le jeu de Ouija par terre, face à moi, et j'ai mis mes deux mains sur le pointeur, ignorant la douleur horrible qui paralysait mon poignet. Sans même réfléchir aux conséquences de mes actes, j'ai placé le pointeur au milieu de la planche de Ouija et j'ai appelé Murielle.

– Murielle Dupont, es-tu là ?

Aussitôt cette phrase prononcée, un courant d'air froid a envahi mon corps. J'ai frissonné, puis plus rien.

Lentement, j'ai perdu l'usage de mes mains, de mes bras, de tout mon corps. J'étais encore à genoux, penchée sur le jeu de Ouija, mais je n'avais plus conscience de mon corps. Je ne sentais même plus le froid, pourtant mordant. J'étais paralysée.

J'ai tenté de me redresser, mais je n'y suis pas arrivée. Je n'avais plus du tout le contrôle de mon corps. Soudain, j'ai vu mes mains s'appuyer sur le sol pour m'aider à me relever. Je me suis vue remonter un genou, puis l'autre, afin de finalement me mettre debout. J'ai voulu me déplacer un peu vers l'arrière, juste pour être le plus loin possible de la falaise. Un simple déséquilibre et pouf! adieu, Elsie.

Mais je n'arrivais pas à avancer. Malgré tous les ordres que je lui envoyais, mon cerveau refusait de m'obéir, de même que mes membres. Je me suis mise à paniquer. Ce n'était assurément pas normal.

C'était comme si… comme si je n'étais plus toute seule dans mon corps. J'avais toute ma tête, mais mon cerveau n'arrivait plus à contrôler mes mouvements. J'avais beau me concentrer, il m'était impossible de faire ce que je voulais.

Juste devant moi, j'ai vu madame Lacasse se relever, elle aussi. Elle avait l'air complètement perdue et désorientée, comme si elle ne savait pas où elle était. Ses lèvres tremblaient et je pouvais voir que ses yeux étaient redevenus normaux. Elle regardait autour d'elle, terrorisée.

C'est à cet instant que j'ai compris que j'avais réussi à la libérer de l'emprise de Murielle. Celle dont elle était sous l'influence depuis presque cinquante ans.

Mais c'était malheureusement au coût de ma propre liberté.

J'avais encore toute ma tête, mais je savais que c'était maintenant moi qui étais sous l'emprise de Murielle Dupont.

Son esclave, c'était moi. J'allais l'aider à accomplir sa quête pour continuer sa vengeance.

Affolée, je faisais d'énormes efforts pour me libérer de Murielle. Mais qu'est-ce que j'avais fait ? Comment est-ce que j'avais pu croire que j'avais la capacité de combattre une entité démoniaque qui prenait de la force depuis des années ?

Je me concentrais très fort pour essayer de reprendre le contrôle de mon corps. Si je me battais mentalement contre Murielle, je réussirais peut-être à retrouver momentanément ma personne.

Chhhhh. Tout ira bien, Elsie.

Même si je ne pouvais pas bouger, je me suis sentie me figer sur place. Cette voix… elle était bien dans ma tête, mais ce n'était pas la mienne.

C'était Murielle.

Je me suis mise à hurler. Il fallait qu'elle sorte de mon corps, coûte que coûte.

Tu peux toujours crier, ça ne changera rien.

Peu importe ce que j'essayais de faire, mon corps ne me répondait plus. Je ne pouvais même pas tourner la tête pour regarder Felix et l'implorer de m'aider. Je savais que madame Lacasse, elle, ne pourrait rien faire pour moi. Elle était encore beaucoup trop en état de choc pour comprendre ce qui se passait.

Réalisait-elle seulement que je venais en quelque sorte de lui sauver la vie ? De lui redonner la vie qu'elle n'avait pas eue alors qu'elle était elle aussi victime de Murielle ? Malgré moi, mon regard était fixé sur elle.

Lentement, mes pieds avançaient vers Christine Lacasse. Derrière moi, j'entendais Felix qui me hurlait de m'arrêter tout en s'approchant de moi. Lorsqu'il a mis sa main sur mon épaule, j'ai vu la mienne le repousser avec vigueur. C'était le poignet qui me faisait atrocement souffrir à peine quelques minutes auparavant. Pourtant, je n'avais plus mal du tout. Ni là ni ailleurs. J'étais juste totalement épuisée. Je n'avais qu'une envie et c'était de me rouler en boule par terre et de dormir. Je me sentais tout à fait normale. Pourquoi est-ce que Murielle réussissait à avoir autant d'emprise sur moi ?

En m'approchant de Christine, j'ai vu la peur dans ses yeux. Savait-elle que c'était maintenant moi que Murielle contrôlait ? Elle me semblait soudain beaucoup plus âgée. Ce n'était plus la même personne.

Terrorisée, elle regardait tour à tour devant et derrière elle. Elle se trouvait si près du bord de la falaise que j'avais peur qu'elle tombe. J'ai tenté de lui tendre la main pour qu'elle revienne vers moi, mais bien évidemment mon bras n'a pas coopéré. À la place, ce sont mes pieds qui ont continué à avancer dans sa direction.

Et si on la poussait en bas ?

– Non !!!

Je ne sais pas si j'ai hurlé à voix haute ou dans ma tête. Je ne voulais pas pousser Christine Lacasse ! Elle avait fait des choses horribles ces dernières années, mais ce n'était pas sa faute. Elle ne méritait pas la mort !

Je me concentrais de toutes mes forces pour forcer mon corps à s'arrêter. Pourtant, je voyais mes pieds poursuivre leur marche vers Christine.

– NON, ARRÊTE, MURIELLE ! JE NE VEUX PAS LA TUER !

Ça tombe bien, c'est moi qui décide.

J'avais l'impression d'être dans une pièce de théâtre lugubre, spectatrice de ma propre vie. Je n'avais conscience de rien, mais ce sont bien mes mains que j'ai vues pousser Christine Lacasse en bas de la falaise.

À la vie, à la mort, Christine.

Je l'ai regardée tomber avec effroi, jusqu'à ce qu'elle s'écrase sur le sol. Mes pieds ont marché jusqu'au bord. J'ai tenté de détourner le regard, mais je ne contrôlais même plus mes yeux. Seule une larme coulait malgré moi alors que je regardais avec épouvante le corps de mon enseignante.

Même si je n'arrivais plus à contrôler mon corps, je sentais l'angoisse monter en moi. J'avais bien vu comment Murielle avait réussi à prendre possession de madame Lacasse… Et maintenant, c'était moi qui étais prisonnière de mon propre corps.

Étais-je moi aussi condamnée à être l'outil de sa vengeance ?

Et Felix ? Comment allais-je pouvoir lui expliquer tout ça ?

J'avais juste envie de hurler… Mais je ne pouvais pas.

Le pire dans tout ça, c'était le sourire qui était apparu bien malgré moi sur mon visage.

À suivre.

REMERCIEMENTS

IL Y A quelques mois, j'étais en train d'écrire les remerciements pour *Elsie 1*, toute fébrile à l'idée de publier mon premier roman. Même si j'étais vraiment excitée à l'idée d'enfin vous annoncer ce projet, j'étais surtout angoissée de savoir ce que vous alliez en penser.

Quelques mois à peine après la sortie du tome 1, je suis encore plus fébrile que je ne l'étais. J'ai de la difficulté à croire que vous tenez déjà le tome 2 entre vos mains. Après tous les beaux commentaires reçus, j'espère vraiment que celui-ci saura vous plaire tout autant.

Merci énormément de votre soutien, qui est encore plus grand que ce à quoi je m'attendais.

Un merci tout spécial à tous ceux d'entre vous qui ont pris la peine de m'écrire leurs commentaires et appréciations sur Elsie. Que ce soit sur YouTube, Instagram ou encore pendant des séances de dédicaces, vos mots m'ont fait chaud au cœur et m'ont encore plus donné envie de me dépasser ainsi que de m'améliorer pour ce deuxième tome !

Vous n'avez même pas idée du bonheur que vous m'avez procuré en venant me rencontrer pour faire signer votre livre ou en m'écrivant sur les réseaux sociaux. J'ai écrit la quasi-totalité de ce livre avec mon chat Fudge sur les genoux et c'est grâce à votre soutien et à votre enthousiasme que j'ai la chance de faire ce que j'aime.

Je veux aussi remercier toute l'équipe de La Bagnole pour l'aide apportée durant le processus de création du livre.

Merci à mon éditeur, Pierre, qui m'a encore une fois poussée à donner le meilleur de moi-même et sans qui écrire ce deuxième roman n'aurait pas été aussi facile !

Merci à Jay, qui n'a pas encore lu le livre, mais qui sait exactement comment il se termine (oups !) parce que je suis incapable de garder mes idées pour moi toute seule…

À mes proches, famille et amis, merci d'avoir été mon équipe de *cheerleaders* au quotidien durant les derniers mois ; je n'aurais pas pu demander mieux !

Merci à Dimitri ainsi qu'à toute l'équipe des éditions Kennes de croire en *Elsie* et de la faire voyager sur un autre continent. Je suis très reconnaissante d'avoir la chance de travailler avec une si belle équipe !

P.-S. : Vraiment désolée de finir ce livre sur un tel suspense... Mais promis, on se retrouve vite pour le tome 3 !